为了人与书的相遇

IN ALTRE PAROLE

JHUMPA LAHIRI

罗马日记

[美] 裘帕·拉希莉 著

张亦非 译

GUANGXI NORMAL UNIVERSITY PRESS

广西师范大学出版社

著作权合同登记图字：20-2022-071

图书在版编目(CIP)数据

罗马日记 / (美) 裘帕·拉希莉著；张亦非译. --
桂林：广西师范大学出版社, 2022.6

ISBN 978-7-5598-4996-0

Ⅰ. ①罗… Ⅱ. ①裘… ②张… Ⅲ. ①回忆录－美国
－现代 Ⅳ. ①I712.55

中国版本图书馆CIP数据核字(2022)第092121号

广西师范大学出版社出版发行

广西桂林市五里店路9号　邮政编码：541004
网址：www.bbtpress.com

出 版 人　黄轩庄
责任编辑　雷　韵
内文制作　陈基胜
全国新华书店经销
发行热线：010-64284815
山东临沂新华印刷物流集团有限责任公司

开本：890 mm × 1300 mm　1/64
印张：3.125　字数：70千字
2022年6月第1版　2022年6月第1次印刷
定价：42.00元

献给

保拉·巴西里科

安杰洛·德杰纳罗

阿利切·佩雷蒂

我需要另一种语言：一种作为爱与沉思之地的语言。

——安东尼奥·塔布奇

目 录

穿湖而过

我想穿过一个小湖。它真的很小，但对岸看上去依然遥不可及。我知道湖心的水很深。尽管会游泳，我还是害怕孤立无援地待在水里。

这个湖在一处僻静、隔绝的地方，要想来到湖边，得先走上一段路，穿过一片寂静的树林。湖对面有座小屋，岸边就只有那一栋房子。湖形成于末次冰期*结束之后，上万年前。水很干净，但颜色幽深，比咸水更重，并不流动。

---

* 末次冰期，指距今最近的一次冰期，发生于第四纪的更新世，始于约十一万年前，终于一万两千年前。

人走进湖里，只要离岸几米远，就见不到底了。

清晨，我看到人们像我一样来到湖边。他们轻松自如地穿湖而过，在对岸的小屋前驻足几分钟，再回到这边。我数着他们摆臂划水的次数，心怀嫉妒。

有一个月了，我一直绕着湖游，从不往湖心方向去。我游的距离其实更远——圆周相比直径而言。得花半个多小时才能绕湖一周。我总在湖岸附近，只要累了就能站住脚休息。这的确是不错的锻炼，只是很难让人兴奋起来。

夏天快要过去的时候，有天早晨我约了两位朋友在湖边见面。我已经下决心要和他们一起游到对岸，去那座小屋。我实在厌倦了在湖边游来游去。

我摆臂划水，知道同伴们也在水里，但也明白我们仍是彼此孤立的。大约划了一百五十下，来到湖心，水最深的地方。继续向前。又划了一百下，终于重新看见了湖底。

这就到对岸了，好像并没有多难。我看到了那座曾经出现在远处的小屋，此刻就在几步开外。我看到丈夫和孩子们小小的、遥远的轮廓，仿佛难以触及，虽然事实并非如此。穿湖而过之后，已知的湖岸变成了对岸，此处变成了彼处。我觉得精力尚足，于是再次游到了湖对岸，倍感振奋。

二十年来，我学习意大利语的方式就像沿着湖边游泳，总是紧靠我的主导语言——英语，总是停留在岸边。这的确是颇为有效的训练，对肌肉和大脑有益，却难以激动人心。以这种方式学习一门外语，是绝不会溺水的，另一门语言始终在近旁支持你，随时可以相助。然而，安全地浮在水面上，排除了溺水和没顶的可能性，这还远远不够。要想掌握一门新语言，完全沉浸其中，就必须离开岸边。别穿救生衣。

别依赖脚底的地面。

游过那个隐蔽的小湖之后又过了几周，我完成了第二次横渡。这次的路程要远得多，但一点都不费劲。它是我人生中第一次真正意义上的启程：乘船穿过了大西洋，前往意大利居住。

词典

我买的第一本意大利语书籍是用英文释义的口袋词典。那还是 1994 年，妹妹和我正要踏上我们的首次佛罗伦萨之旅。我去了波士顿一家书店，店名叫“里佐利”（Rizzoli），是个意大利名字。店面漂亮又讲究，可惜如今已经不在了。

我没买任何旅行指南，尽管那将是我第一次去意大利，而且对佛罗伦萨一无所知。多亏一个朋友帮忙，我们已经有了旅馆的地址。当时我还是个学生，没多少钱，觉得还是词典比较重要。

那本词典是绿色塑料封皮的，不易损毁，还防水。它很轻，尺寸接近一块肥皂，比我的手掌还小。封底上写着，词典收录了大约四千个意大利语单词。

我们在几乎空无一人的乌菲齐美术馆*闲逛的时候，我妹妹突然发现帽子丢了。我打开词典找到英意对照的部分，看怎么用意大利语说“帽子”。然后我告诉一个警卫，我们丢了帽子，虽然肯定说得不太对，但他还是奇迹般地听懂了。在很短的时间内，帽子失而复得。

在那以后的许多年里，我只要去意大利就会随身携带这本词典，总是把它放进包里，在

---

* 乌菲齐美术馆（Galleria degli Uffizi），世界著名的绘画艺术博物馆，位于意大利佛罗伦萨，以收藏欧洲文艺复兴时期各画派代表人物如达·芬奇、米开朗琪罗、拉斐尔、波提切利、丁托列托、伦勃朗、鲁本斯、凡·代克等人的作品而驰名。

街上查，回到旅馆里查，读报的时候查。它引导我，也保护我，为我解释一切。

这本词典既是地图又是指南针，我深知要是没有它，自己一定会迷失方向。它成了某种父母般的存在，权威性颇高，没有它我就出不了门。我把它当作某种圣典，里面充满了秘密与启示。

在第一页上，不知道是什么时候我写下了“provare a = cercare di”*。

这个偶然的碎片，词组的等式，或许是对这门语言之爱的隐喻。到最后，它真的变成了固执的尝试和持久的探索。

自从买下第一本词典，已经过去差不多二十年，我决定搬到罗马长住。动身之前，我向曾在罗马居住多年的朋友询问电子词典有没

* 意大利语词组，意思均为“尝试做某事”。

有用，比如某些手机应用，可以随时查找生词。

他笑起来，告诉我："你很快就要住进意大利语词典里面了。"

他说对了。到罗马几个月之后，我渐渐意识到自己不再那么频繁地查词典了。出门的时候词典一般就在包里待着，不会被翻开。我于是开始把它留在家里。这个转折点出现的时候获得了一种自由，虽然同时也蒙受了损失。就是成长的感觉，哪怕只成长了一点点。

我的书桌上现在有很多更大、内容更翔实的词典，其中两本是单语版，也就是说里面没有一个英文单词。口袋本词典的封皮看起来已经有点褪色、变脏了，书页开始泛黄，有些几近脱落。

它通常就搁在床头柜上，阅读的时候方便查找生词。这本书帮助我阅读其他的书，是它率先打开了新语言的门。直到现在，我出门度假旅行还是会带上它。它成了某种必需品，如果出发时忘记了还会有点失落和不安，像忘了带牙刷或者换洗的袜子。

现在这本小词典对我而言更像是兄弟而不是父母了。但它仍然很有用，仍然在指引我，仍然充满了秘密。这本小小的书，始终大于我。

一见钟情

1994 年，我和妹妹决定去一趟意大利犒劳自己。当时我在波士顿学习文艺复兴时期的建筑:布鲁内莱斯基 * 的帕齐礼拜堂 †、米开朗琪罗的洛伦佐图书馆 ‡。圣诞前几天，我们在黄昏

* Filippo Brunelleschi（1377—1446），意大利文艺复兴早期的职业建筑师和工程师先驱，主要作品包括佛罗伦斯的圣母百花大教堂等。

† 帕齐礼拜堂（Cappella Pazzi），也称“帕齐小堂”，文艺复兴时期经典建筑，约建于 1443 年，位于圣十字圣殿旁，曾属于佛罗伦萨显赫一时的帕齐家族。

‡ 洛伦佐图书馆（Biblioteca medicea-laurenziana），收藏古代书籍和手稿的重要图书馆，也是文艺复兴时期建筑的代表作，由来自美第奇家族的罗马教皇克莱门特七世于 1519 年投资兴建。

时分抵达佛罗伦萨。第一次漫步城中时天色已暗，感觉置身于一个私密、朴实又令人愉悦的环境。商店里满是圣诞季的装饰。街道狭窄而拥挤，其中一些更像是走廊。像我和妹妹这样的游客也有一些，但不多。我看到许多显然在这儿住了很久的人，他们步履匆忙，对那些建筑熟视无睹。他们穿过广场时从不停留。

在那里的一周主要用来欣赏各种建筑物，广场和教堂。但从一开始，我和意大利的关系就不只是视觉性的，也是听觉性的。汽车不算多，但这座城市仍然在不断嗡鸣。不管走到哪儿都能听到一种令人愉悦的声音，充斥着对话、句子、词语。仿佛整座城市是一座剧场，而其中稍嫌躁动的观众正在演出开始前低声交谈。

我听到街上的孩子们兴奋地互道“buon Natale”（圣诞快乐）。有天早晨在旅馆里，我听到做清洁的女士用温柔的声音问：“Avete dormito bene?”（您睡得好吗？）人行道上有人想从身边经过时，我听到他用略微急躁的语气说：“Permesso?”（能让我过去吗？）

我没法做出回应；我还不能与人交谈，只能听。在商店和餐馆听到的东西激起了一种瞬时的、强烈的、矛盾的反应，好像意大利语已经根植在我体内似的，同时却又完全存在于外部。它不像是外语，虽然我清楚它确实是。说起来可能会很奇怪，但我感到这门语言异常地熟悉。我几乎完全理解不了它，却好像从中辨认出了什么东西。

辨认出了什么？毫无疑问它很美，但这与审美无关。我感到自己必须与它建立起某种关系，就像偶然遇见一个人，立刻感觉到爱意和联结。就像我和它已经相识多年了，却还有无数的东西等待去探索和发现。如果不去了解的话，就会始终会觉得不满足、不完整。我意识到心里有一片空间想要容纳它。

联结和分离、亲密和疏远同时存在，这种真实又难以言明的感受，搅动起一阵轻率而荒谬的渴望，引发了妙不可言的紧张。这就是一见钟情吧。

我们在佛罗伦萨度过的一周，基本就在但丁故居附近活动。有一天，我们参观了切尔基的圣玛格丽塔教堂，贝雅特丽齐墓地的所在地。* 她是诗人的挚爱和灵感之源，却又永远无法触及，一段无法酬答的爱被距离与沉默蚀刻。

我并没有必要真正掌握这门语言。我不在意大利生活，也没有意大利朋友。我只是怀有一份渴望，而渴望是非理性的需求。正如很多

---

* 但丁故居（Casa di Dante）位于佛罗伦萨古城中心的圣玛格丽塔路 1 号，据说诗人在附近的切尔基的圣玛格丽塔教堂初次见到贝雅特丽齐。

靠激情驱动的关系，我的迷恋将会转变为虔诚，转变为着魔般的执念。你陷入一份爱，爱的对象却无动于衷。它并不需要我。

一周结束了，在看过数不清的建筑和壁画之后，我们回到了美国。我带回了明信片、小礼物和旅行纪念品，然而最清晰、鲜活的那部分记忆却是无形的。每当想起意大利，就会再次听到一些词句。我想念它们，这种想念渐渐促使我去学习这门语言。被渴望驱动，同时感到迟疑和羞怯，我用略微急躁的语气对意大利语说："Permesso?"（能让我过去吗？）

流亡

我和意大利语的关系始于“流亡”，始于一种分离的状态。

每种语言都隶属于某个特定地点。它可以迁移传播，但通常来讲与一定的地理范围或国家相关联。意大利语主要通行于意大利，而我住在另一片大陆，日常生活中与它毫无交集。

我想起但丁，他在第一次对贝雅特丽齐开口之前等待了九年。我想起奥维德，他被驱逐出罗马城，流放到偏远之地，一个语言上的边缘处所，被陌生的声音包围。我想起自己的母亲，她在美国用孟加拉语写诗。移民美国五十年以后，她仍然找不到一本用她的语言写成的书。

我多多少少已经习惯了语言上的流亡。在美国，我的母语孟加拉语是一门外语。你自己的语言在你生活的国家被当作外语，这会导致一种持久的疏离感。你在说一门隐秘的、不为人知的语言，它与周围的环境没有任何呼应，这种缺失会在内心造出一段距离。

对我来说还存在另一种距离、另一重分裂：我的孟加拉语不算好。我没法阅读，不会书写，说话还带口音，一开口总是底气不足。我感到与这门语言之间永远是割裂的。这样一来，非常矛盾地，我的母语也相当于外语。

至于意大利语，流亡有另一层含义。我和它几乎刚刚相遇就分开了，对它这样一往情深非常愚蠢，但我知道自己的感受是真实的。

怎么也会有这种流亡之感呢？我甚至不会

这门语言，它也从来不属于我。或许身为作家，我本就不完全属于任何语言吧。

我买了本书，名叫《自学意大利语》。书名很激励人，充满希望和可能性。看起来自学是完全可行的。

我已经学了好些年拉丁文了，这本教材的前几章看起来相当容易。动词变位都能记住，习题也不难。但我不喜欢自学过程中的沉默和孤独。这种割裂是错误的，这就像是学乐器但从不演奏它一样。

我把博士论文的主题定为意大利建筑对十七世纪英国剧作家的影响。我想知道，为什么有些剧作家把他们用英语写成的悲剧设定在意大利的宫殿。这篇论文将会探讨另一重语言与环境的分裂，论文的主题给了学习意大利语又一个理由。

我开始去上初级课程，第一个老师是住在

波士顿的一位女士，米兰人。我完成作业，通过了各种考试。但经过了两年的学习，当我试着翻开阿尔贝托·莫拉维亚[*]的小说《乔恰里亚女人》时，却几乎完全看不懂。我差不多画出了每一页上的每个单词，不停地查词典。

2000 年的春天，离上次去佛罗伦萨已经过去六年，我又去了威尼斯。除了词典我还带了个笔记本，在最后一页写下了期间可能会用到的句子："Saprebbe dirmi? Dove si trova? Come si fa per andare?"（您能告诉我吗？它在哪儿？怎么过去呢？）我还记得"buono"与"bello"[†]

---

* Alberto Moravia（1907—1990），意大利当代著名小说家，作品探讨现代性、社会异化和存在主义等问题。代表作有《冷漠的人》《罗马妇人》《罗马故事》《国教信徒》等。

† 在意大利语中，这两个常见的词都可以作为形容词，表示"好的、美好的"，但实际使用中有较大差异。前者多用于形容食物、人的态度或用于问候，而后者常用来形容外表美丽。

之间的差别，觉得自己准备很充分。实际情况是，到了威尼斯之后我几乎没法在街上问路，也没法请酒店增加一项叫醒服务。我只能勉强在餐馆里点菜，或是跟售货员来几句简单的对话，别的全都做不到。即使我又回到了这里，仍然觉得和意大利语相隔甚远。

几个月后，我接到曼托瓦文学节的邀请。在那里我见到了我的两位意大利出版人，是他们最先把我的作品带到意大利，其中一位也是我的译者。那家出版社叫 Marcos y Marcos，这是个西班牙语名字，但他俩都是意大利人，分别叫马尔科和克劳迪娅。

不管是接受采访还是演讲我都得用英语，身边总有个翻译。我多少能听懂一些了，但离开英语就没法表达和阐述，觉得处处受限。在美国课堂里学到的东西远远不够。我对意大利语的理解还不够深入，在这里，它完全帮不上忙。这门语言仍对我大门紧锁。我就站在门口，甚至能看见里边的样子了，可门就是不开。

马尔科和克劳迪娅给了我入门的钥匙。我提到自己学了一点意大利语，很想有所提高，于是他们就不再对我说英语了。他们改用自己的语言和我交谈，哪怕我只能用非常简单的方式回应，哪怕我犯了一堆错误，也无法完全理解他们的话，哪怕他们的英语远比我的意大利语要好。

他们容忍我的错误，纠正和鼓励我，教给我不会说的词。他们充满耐心，说得异常清楚，就像父母教孩子说话一样。这是一个人学习母语时的方法。我意识到，我在学英语的时候并没有用到这种方法。

克劳迪娅和马尔科用意大利语翻译、出版了我的作品，我第一次以作家的身份来到意大利时，他们又是招待我的主人；现在，他们把我带到了转折点上。在曼托瓦，多亏了他们，我终于感到自己置身于这门语言之中。因为说到底，想学会一门语言，想感受到你与它之间的联系，就必须用它来对话，不管说得多么幼稚、多么不准确。

对话

回到美国以后，我还想继续说意大利语。但要和谁说呢？我认识一些意大利语说得非常好的纽约人，但跟他们交谈会很尴尬。我需要有个可以结结巴巴、说错话的聊天对象。

有一天，我去纽约大学的意大利语协会采访一位获得斯特雷加奖*的作家，她是罗马人。在一个拥挤的房间里，除了我以外每个人都说着毫无瑕疵的意大利语。

---

* 斯特雷加奖（Premio Strega），意大利的重要文学奖项，知名获奖者包括普里莫·莱维、翁贝托·埃科等。

协会负责人过来打招呼。我告诉他，我想用意大利语做采访，我已经学了几年，却还是说得不太好。

“需要练习。”我说。

“要多实践。”他很温和地答道。

2004年，我丈夫给了我一张从公告栏上撕下来的纸，是在布鲁克林区我们的住处附近看见的。纸上写着“Imparare l’italiano”（学习意大利语）。我想这一定是天意，于是拨通电话，做了预约。一位充满活力、和蔼可亲的女士来到了我家，她也是米兰人，在一家私立学校教书，住在市郊。她问我为什么想学意大利语。

我解释说，夏天要去罗马参加文学节。这听起来是个合理的动机。我没透露它是心血来潮的狂热爱好，我怀着一个希望——其实是梦想——想要掌握它。我没告诉她，我在想办法激活一种跟现实生活毫无关联的语言。我更没透露自己正备受折磨，感到不完整，就好像意大利语是我不管怎么努力都无法完成的一本书。

我们每周上一次课，每次一小时。那时我已经怀上了女儿，预期产在十一月。我尽量完成课堂对话，老师会在每节课结束时给一个长长的清单，列出对话中我不会的单词。我勤奋地复习。我把它们收进专门的文件夹。但我就是记不住。

在罗马的文学节上，我跟人说了三四句话，也许有五句，然后就停下了；实在很难聊下去。我数着句子，就像在网球比赛上数击球数，或者学游泳时数摆臂划水的次数。

回到“湖”的比喻，那个我曾想穿越的湖。现在我可以走进齐膝深，甚至齐腰深的水了，但脚还是得踩得到底才行。就是这样，我不得不像个完全不会游泳的人那样行动。

尽管有那些课堂对话，意大利语仍然难以

掌握，又易于忘记。它只在老师来的时候出现。她把意大利语带进我家待一小时，然后又把它带走。只有和她在一起的时候，这门语言才显得具体可感。

女儿出生了，四年时间眨眼过去，我写完了另一本书。书出版以后，2008 年我再次接到前往意大利的邀请，为新书做宣传。我在准备的过程中重新找了个老师，她是一位热心周到的年轻女士，来自贝尔加莫 *。她每周来我家一次，我们并排坐在沙发上交谈，成了朋友。我对意大利语的理解有了零星的提高。

老师总是鼓励我，她说我讲得很好，说我要是去了意大利一点问题都没有。但事实并非如此。在米兰的时候我很想流利、敏捷地说话，

---

* 贝尔加莫（Bergamo），意大利西北部伦巴底大区的一个城市，大约位于米兰城东北方四十公里处。

却总能意识到那些错误带来的妨碍和困扰。我感到前所未有的沮丧。

2009 年，我开始跟随第三位私教学习。她是威尼斯人，三十多年前搬到布鲁克林生活，孩子们都在美国长大，丈夫已经过世了。她住在韦拉扎诺海峡大桥附近一幢紫藤环绕的房子里，养了条温驯的狗，总爱站在她的脚边。去那里得花将近一个小时，坐地铁到布鲁克林的边缘，几乎是地铁线的尽头。

我很爱这段旅程。一走出家门，原本的生活就被抛在脑后，不用再去想写作的事儿了。在那几个小时里，熟知的另外几种语言都远去了。就像一次又一次小小的逃离之旅，一个只与意大利语有关的场所在等着我。在这个庇护所里，新的世界出现了。

我很喜欢这位老师。尽管四年来我们都以尊称互相称呼，但已经建立了亲密的关系。厨房里有一张小桌，我们总是坐在桌边的木凳上。我能看见她书架上摆着书和孙辈们的照片，墙上挂着漂亮的黄铜炊具。我在她家从头开始，重新来过：条件从句、间接引语、被动式的用法。和她在一起，学成的可能性终于大过了失败的可能性，对意大利语那种奇异的虔诚，终于变得更像一种爱好，而不再是犯傻。

我们聊各自的生活，也谈世界局势。我们做大量的练习，虽然枯燥却很有必要。这位老师经常纠正我的错误。我一边听她讲，一边在本子上做笔记，每次课后都疲惫不堪，但又为下节课做好了准备。和她告别以后，门刚在身后合拢，我就已经等不及要回来了。

有段时间，去威尼斯老师那儿上课成了我最喜欢的活动。就在跟她学习的时候，这条奇特的语言之路不可避免地迎来了新的节点。有一天，我决定移居意大利。

放弃

我选择了罗马。从童年时起这座城市就俘获了我。我第一次去罗马是在 2003 年，当时就感到陶醉和亲切，似乎早已认识它。几天之后，我就确信将来注定要在那里生活。

我在罗马没有任何朋友，但我也不是要去那儿走亲访友的。去罗马是为了改变生活的路径，去靠近意大利语：在那里，每分每秒都能和它在一起了。它永远在那儿，永远与我相关。它不会再像一盏灯，偶尔打开，又被关掉。

为了做好准备，在出发前的六个月我做了个决定：不再用英语阅读，而只阅读意大利语的作品。让自己从常用的语言中脱离，这像是个不错的做法。这一决定意味着正式的改弦更张，我就要成为前往罗马的语言朝圣者了。我确信，必须把一些熟悉并且不可或缺的东西抛在身后。

突然间，我的书都派不上用场了，它们如今只是一些普通物品。创作生涯的支点消失了，曾经作为引导的群星不见了。我看到前方出现一个全新的房间，它是空的。

只要条件允许，我就让自己沉浸在意大利语的环境中——书房里，地铁上，睡前躺在床上。我进入了一片昏暗朦胧、尚待探索的领域。这是一次自愿的流亡；虽然仍在美国，但我已有身在彼处之感。阅读的时候就像造访异乡，愉悦但却有些茫然；阅读也不再是完全惬意的体验了。

我读了莫拉维亚的《冷漠的人》《厌倦》，

帕韦塞*的《月亮与篝火》,还读了夸西莫多†和萨巴‡的诗。我既能理解，又不能理解。我放弃了自己所擅长的，用确定性换来了不确定。

我读很慢也很辛苦。真是困难重重，每一页都笼罩着一层薄雾。不过障碍也会提供刺激，每个新的句法结构都像是奇迹，每个不认识的单词都是宝石。

我列出了要查阅、学习的词汇表。“Imbambolato, sbilenco, incrinatura, capezzale, sgangherato, scorbutico, barcollare, bisticciare.”（呆滞的、跛的、裂纹、病榻、摇晃的、脾气古怪的、站立不稳、争执。）每次读完一本书

---

* Cesare Pavese（1908—1950），意大利诗人、小说家、文学评论家和翻译家。

† Salvatore Quasimodo（1901—1968），意大利诗人。主要作品有诗集《水与土》《消逝的笛音》《日复一日》等。

‡ Umberto Saba（1883—1957），意大利诗人，主要诗作有《山羊》等。

都很振奋，仿佛完成了一项壮举。我发现阅读的过程更加困难了，但也更令人满足，这真是不可思议。我不想把这归功于自己的能力。我像个孩子一样阅读，因此作为一个成年人、一个写作者，重新找回了阅读的乐趣。

在这段时间里我觉得自己很分裂。我的写作只是一种反应，对阅读的回应，换言之是一种对话。写作与阅读这两件事紧密相连、互为依存。而现在我用一种语言写作，却只通过另一种语言阅读。我有一部小说即将完稿，必须沉浸于文本，完全放弃英语是不可能的。但这门最强势的语言似乎已经被落在身后了。

我想到了双面神雅努斯，两张脸分别望向过去与未来。他是古代的门神，也是开端与结束之神，象征着过渡的时刻。他是只属于罗马人的神，看守一座座大门，庇护这座城市。我马上就会在各个地方看见这非凡的形象了。

借助词典阅读

我通常不会用到词典，只会用笔勾出不认识的单词或是打动我的句子。每当遇到生词就得做出决定：要么稍作停留立刻去学这个单词，要么标记下来继续往下读，要么干脆就忽略它。不知为何，总有些单词特别显眼，就像每天都会在街上注意到某些人的脸一样，给人特别深的印象。其他的词则继续作为被忽略的背景存在。

每读完一本书，我总会回到内文，仔细查看那些单词。坐在沙发上，书、笔记本、几本字典和笔散落四周。这项任务既令人沉迷又很放松，要花不少时间。我并不会把单词的释义写在书页边，而是在笔记本里列一张表。最初，单词的释义是用英文写的，后来变成了意大利语。通过这样的方式，我创建了一部个人化的词典，一份追踪阅读路径的私人词汇表。我时不时会翻阅笔记本，复习这些单词。

我发现，用另一种语言阅读比用英语更加私密，带来的感受也更为强烈。这门语言和我相识的时间还很短，我跟它并非来自同样的地方、同样的族群，我们没有一起成长。它并不存在于我的骨血中。我在被它吸引的同时也会感到底气不足。它仍是一个谜，被爱着然而无动于衷，在我的情绪面前没有任何反应。

那些不认识的单词总在提醒我，这个世界上还有无数我们不知道的事情。

有时候一个词会引发奇怪的反应。比如有

一天我看到“claustrale”* 这个生词，意思大致能猜到，但我想要确认一下。当时我正在火车上，查了便携字典，但里边没收录这个词。突然间，就像着魔一样，我坐立不安，非得弄明白它的意思不可。这念头荒谬至极，但我当时就是觉得：弄清这个词的意思可以改变我的生活。

毕竟，能改变我们生活的东西总是在我们自身以外。

也许有一天，我不再需要词典、笔记本和笔，我将能够用阅读英文的方式来阅读意大利语。我该期待那一天的到来吗？这难道不是一切努力的意义所在吗？

我并不这么想。用意大利语阅读的时候我变成了更积极的读者，更多地参与其中，哪怕

---

* 意为：“隐居的、与修道院相关的。”

阅读技能并不纯熟。我喜欢这种努力，更喜欢这些限制。在某种程度上，无知对我是有益的。

我意识到视野是无限的，尽管总是存在某种局限。用另一种语言阅读意味着永远处在成长的状态，拥有可能性。我知道，作为学徒我的任务永远不会结束。

恋爱的时候，你会渴望永远活下去。你渴望自己获得的情感和激情持续下去。用意大利语阅读激起了相似的渴望。我不想死，因为死亡意味着对这门语言的探索走到了尽头，因为每一天都会有一个新的单词等着我去认识。这样看来，真爱的确可以象征永恒。

每天读书都会遇到新的单词。想要在下面画线，再记到笔记本里。我想到园丁拔除杂草的过程。我清楚我的工作就如同园丁，说到底是荒诞的。一种绝望的行为，几乎可以说是西西弗斯式的任务。园丁永远无法完美地控制自然。同样地，我不可能弄懂每一个意大利语单词，不管多么渴望做到这一点。

但园丁和我之间有一个根本区别。园丁并不想要那些杂草，它们会被拔起，扔掉，而我却在收集这些词语。我想把它们握在手里，占有它们。

每当发现不同的表达方式，会感到一阵狂喜。那些未知的词汇是令人眩晕却又异常丰饶的渊薮。里边包含了一切我不理解的东西、一切可能性。

收集词语

我在不断寻找着词语。

我会这样描述这个过程：每天挎着篮子到树林里去。四下里寻找词语，从树上，从灌木丛里，从地上（其实是在街上，跟人交谈，或者阅读的时候）。能收集多少就收集多少，但从来都不够，胃口永远无法满足。

我收集的词语中有一些晦涩的（sciagura，spigliatezza）*，也有一眼就能看出含义却想要

* 意思分别为："灾祸，从容自在。"

深入理解的（inviperito，stralunato）[*]。我收集了一些在英语中没有精确对应词的美好词汇（formicolare，chiarore）[†]，也收集了无数形容词，用以描述千百种不同的情形（malmesso，plumbeo，impiastricciate）[‡]。我还收集了数不清的名词和副词，可能永远都用不上。

到一天结束的时候篮子变得很重，快要装不下。我感到自己满载而归，非常富足，兴致勃勃。我的词汇似乎比钱更有价值。我就像一个乞丐找到了一堆金子、一袋珠宝。

但当我离开树林，再望向篮筐，里边只剩下寥寥无几的词语了。大多数都消失了。它们蒸发在空气中，像水从指缝间流走。因为篮子就是记忆，而记忆背叛了我，没法持久。

---

* 意思分别为："狂怒的，惊呆的。"

† 意思分别为："云集，微光。"

‡ 意思分别为："衣冠不整的，铅灰色的，涂鸦的。"

我感到自己和捡起的每一个词之间都存在着某种纽带。我同时怀有喜爱之情和责任感。想不起来某些单词的时候，我担心是我抛下了它们。

我感到空虚、沮丧，就像做了一个美梦之后的早晨那样。树林就像是一片乐土，一种幻象。然后我醒来了。

虽然失败了，但我并没有太过气馁，倒不如说是更加坚定了。第二天，我回到了树林。我并不觉得这都是浪费时间。我知道美好之处在于“收集”这个行为本身，而不是结果。

然而仅在笔记本上收集词语远远不够，也无法令人满意。我想使用它们。我想在需要的时候将它们召唤出来。我想和它们建立联系，希望它们成为我的一部分。

为了学会并记住这些词，我不断地复习。我和别人交谈时会想起它们。我知道它们就在那儿，就写在笔记本上。假如我是天才，就能记住一切了，还能说得更流利、更准确。可是每当我需要时，这些词却总是难以捕获，不可理解。它们就在纸页上，但不肯进入我的大脑，所以不会从我嘴里说出来。它们仍然被困在笔记本里，毫无用处。我只知道一个事实：我曾把它们记录下来。

重读笔记时，我注意到有些词记录了不止一遍，它们抗拒我的记忆。都是些简单却顽固的词（fruscio，schianto，arguto，broncio）*，也许它们不想和我产生任何关系。

笔记本里的所有单词都标志着一种具体可感、有条不紊的成长。我想起孩子们刚出生的那几周，每周我都带他们去儿科医生那儿量体重。每盎司都被记录，评估。每盎司都是他们

* 意思分别为："窸窣声，折断，敏锐的，噘嘴。"

存在于世的具体证据。我对意大利语的理解也以类似的方式加深。我一天接一天、一个词接一个词地获得我的词汇。

然而我的词库没有按常理发展，而是不断溜走、转瞬即逝。词语总是先出现，陪我一段时间，然后再毫无预兆地抛下我。

笔记本容纳了我对这门语言的全部热情，全部努力。这是一个我可以在其中游荡、学习、遗忘、失败的空间。我也可以在这里满怀希望。

日记

我和家人在八月节假期的前几天抵达罗马。我们并不知道当地集体离城的习俗。*当所有人都在逃离城市、全城几乎陷入停顿时，我们却正要揭开生活的新篇章。

我们在朱利娅路租了一套公寓。这条优雅的街道在八月中旬显得很荒凉。天气热得难以

---

* 在意大利，每年八月十五日为“八月节”（Ferragosto），这一天同时也是天主教节日“圣母升天节”。人们习惯离开城市前往郊外，不少机构还会在八月节前后放假，时间可长达一周到数周，因此，八月节又成为意大利人传统上的度假期。

忍受，外出购物时，我们每走几步就得找荫凉处暂时缓解一下。

第二天晚上是星期六，我们回到家却发现门打不开了。之前并没有任何问题，但现在无论想什么办法，钥匙就是转不动锁。

整栋楼里除了我们没有别人。我们没带任何身份文件，暂时还没有能用的电话，在罗马也没有任何朋友或熟人。我向楼对面的酒店求助，但是两名酒店员工也打不开门。我们的房东正在卡拉布里亚度假。我的孩子们烦躁不安，饥肠辘辘，哭着说他们想立刻回美国。

最后锁匠来了，几分钟就打开了门。我们为这个付了两百多欧元，还没有收据。

这次挫折在我看来是一次试炼，一种洗礼。但还有很多别的障碍，虽然都是小事，却很烦人。我们不知道在哪儿扔垃圾，不会买地铁和公交卡，找不着公交站。一切必须从零学起。

当我们向三个罗马人求助时，他们会给出三个不同的答案。我感到不安，经常崩溃。尽管我对在罗马生活充满热情，但一切似乎都不可能办到、不可能解释、不可能理解。

距离抵达罗马那个难忘的周六之夜已经过去一周，我打开日记本写下了我们的种种遭遇。那个周六，我做了一件奇怪的事，一件出乎意料的事。我用意大利语写了日记，几乎是自动自发地就这么做了。因为当我把笔捏在手里，脑子里再也听不到英语了。就在这段一切都让人困惑不安的时间里，我改变了写作时使用的语言。我开始以最严格的方式描述所有那些考验我的事情。

我写的意大利语糟糕透顶，让人尴尬，充斥着错误。我没有纠正词句，没用词典，全凭本能地写下去。我像孩童或者半文盲一样摸索着方向。我为这样的写作感到羞愧，却不明白这股神秘的冲动从何而来。我停不下来。

就好像在用左手写字，那是我的弱势手，不该用的那一只。这像是一种犯罪、一种背叛、一种愚蠢的行为。

在罗马的最初几个月，用意大利语写成的秘密日记成了唯一能安慰我的东西，它带来一种安定感。我常常在清醒又不安的夜里来到桌前，用意大利语写几段话。这是一项绝密行动，没有人怀疑，也没有人知道。

我几乎认不出写这本日记的人，她用的是一门尚不准确的新语言。但我知道这是她最真实、最脆弱的部分。

搬到罗马之前我很少写意大利语。我曾试着给一位住在马德里的意大利朋友写信，或者给老师发电子邮件。但那些文字就像正式又刻意的练习。那个声音不像是我的，至少在美国的时候不是。

然而，在罗马，用意大利语写作是能让我感觉到自己身处此地的唯一方式，可能也是我作为一个作家与意大利建立联系的唯一方式。这本新日记不完美，错误百出，但清晰地反映出我的迷茫。它反映出一种彻底的转变，一种全然困惑的状态。

来意大利之前的几个月里，我正在寻找写作的另一个方向。我想要找到一种新的途径，但当时并不知道，这门在美国慢慢学了很多年的语言，最终会为我指明方向。

用完了一个笔记本，又开始用另一个。我想到了第二个隐喻：就像是带着糟糕的装备去爬山。这是一种文学上的求生。我没有很多词来表达自己的意思——情况恰恰相反，我意识到自己处于匮乏的状态，但与此同时又感到自由、放松。我重新找到了写作的理由，喜悦感伴随着渴求。我找回了孩提时代以来的乐趣：

在笔记本上写一些任何人都不会读的文字。

我用意大利语写作的时候回到了原始状态，没有任何风格可言。我总是在怀疑。我拥有的只是强烈的意愿，以及盲目而诚挚的信念——被人理解，并理解我自己。

故事

日记让我得到训练，也形成了用意大利语写作的习惯。但只写日记无异于把自己关在房间里自言自语。在那里呈现的是一种私人的、内在的叙述。到了某个时候，我就想出去了，尽管会有风险。

我从很短的片段入手，通常只是手写的一页纸。我尝试把注意力集中于特定的对象：一个人，一个时刻，一个地点。我教创意写作课时也要求学生这么做，跟他们解释说这些碎片是构建故事之前的第一个步骤。作家在想象一个不存在的世界之前，应该首先观察现实世界。

我的意大利语短文只是些零碎的片段。但我在努力完善它们。第一篇作品给了在罗马的新意大利语老师。他还给我的时候我感到非常屈辱。满眼都是错误和问题，简直是场灾难。几乎每句话都要修改。我用红笔在原文上纠正。到那节课结束时，整页纸上的红色墨水已经与黑色一样多。

身为作家，我从未遇到过这么艰难的情形。我发现这项任务无比艰巨，几乎是自虐。我必须从头开始，好像这辈子从未写过任何东西一样。但确切地说，我不是站在起点上，而是身处另一个维度，在这里我没有任何参照物，也没有盔甲。在这里我前所未有地感觉到自己的愚笨。

尽管现在我已经能把意大利语说得不错了，但口语并没有带来多少帮助。对话包含着某种合作，往往还有宽恕。说话时可能会犯错，可多少总能让人听懂，在纸页上却只有我自己。口语相较于书面语就像一间前厅，后者具有更严格、更难于掌握的逻辑。

尽管蒙羞，我还是在继续。我为第二节课写了另一篇，因为在所有的语病、所有粗糙的棱角之下，有种宝贵的东西。一个新的声音，粗粝但鲜活，在等待改进和完善。

有一天，我去了一个图书馆，我从不觉得那是个自在的地方，在那儿通常都没法好好工作。但那天坐在某张书桌前，脑海里突然就出现了一个完整的意大利语故事。是在一瞬间发生的。我能在脑子里听见那些句子。不知道它们是从哪儿来的，也不知道为什么能听见。我在笔记本上飞快地写着，怕来不及记下来它就会消失。这一切平静地发生了。我没有用词典，用了大约两小时写了故事的前一半。第二天我回到那个图书馆，又待了几个小时，写完了整个故事。

这是一种突破，伴随着一次新生。我意识到这一点，为此震惊不已。

我还从未用这种方式写过故事。用英语写作的时候我可以斟酌内容，可以在写完每句话后停下来寻找合适的词，重新排列组合，做成千上万次改变。对英语的熟悉既是优势，又是障碍，我会像疯子一样重写一切，直到完全满意。但用意大利语写作时我就像个沙漠里的士兵，只能一直往前走。

写完这个故事后，我把它录入到电脑里。这是我第一次对着屏幕用意大利语写东西。手指很僵硬，它们甚至不知道怎么在键盘上移动。

我知道还有很多东西有待纠正、需要重写。

我知道作为写作者，我的生活将会不同于从前了。

这个故事的标题叫《交换》（“Lo scambio”）。

它讲的是什么呢？主角是一位不安分的翻译，为了寻求变化前往某座城市。她是独自去的，除了一件黑毛衣，几乎什么都没带。

我不知道如何解读这个故事，不知道怎么评价它。我不知道这样写是否可行。我缺乏必要的评判能力。虽然它来自我，却并不完全属于我。我只确信一件事：要是用英语，我永远写不出这个故事。

我讨厌分析自己写的东西。但几个月后的一天早晨，在多里亚·潘菲利别墅公园*跑步的时候，这个奇怪故事的含义突然出现了：那件毛衣就是语言。

---

* 多里亚·潘菲利别墅公园（Villa Doria Pamphili），位于罗马的一座十七世纪别墅，拥有今天罗马最大的风景园林，是罗马市民休闲娱乐之地。

交换

有一个女人，是一名翻译，她总想成为另一个人。没有确切的理由，但她一直有这个念头。

她有朋友，有家人，有一间公寓，还有一份工作。她有足够的钱和健康的身体。换句话说，她过着幸福的生活。对此她也心怀感激。唯一让她感到困扰的，是她和别人的不同之处。

只要想到自己拥有的东西，她就会生出一阵轻微的厌恶，因为属于她的每一样物品、每一件事情，都是她存在的明证。每次想起过去的生活，她都确信换一个版本会更好。

她认为自己是有缺陷的，就像一本书的初

稿。她想活出另一个版本，就像把一种语言的文本转变成另一种。有时候她会产生一种冲动，想要消除自己在这世上的印记，好像一件漂亮衣服的下摆有个线头，得拿剪子剪掉。

不过她并不打算自杀。她太爱这世界了，还有这世上的人。她喜欢在傍晚时散步很久，观察周围的一切。她爱大海呈现的绿色，也爱薄暮的光线，还有沙滩上散落的石头。她爱秋天成熟的梨子的味道，也爱冬日沉甸甸的满月从云层中探出头。她爱床的温度，爱不受打扰地读一本好书。为了享受所有这些，她情愿永远活着。

为了弄清为什么会有那样的感受，有一天她决定消除自己存在的痕迹。她把所有东西都扔掉或送了人，只留下一个小小的手提箱。她想要过隐居的生活，像修士一样，以便面对那些无法忍受的东西。她告诉朋友、家人和爱她的男人，她得离开一段时间。

她选择了一座城市，在那里她一个人都不认识，也不懂当地的语言。那里的天气既不太冷也不太热。她带的衣物能多简单就多简单，全是黑色的：一套正装，一双鞋，一件柔软轻质的羊毛衫，上面有五个小纽扣。

她是在季节变换时抵达的。阳光下很温暖，荫蔽处却很凉。她租了一间屋子。她漫无目的地游逛了好几个小时，一句话都不说。这座城市很小，宜人，但没有特点，也没有游客。她聆听声音，观察人群：有些急急忙忙去工作，有些像她一样坐在长椅上，手里拿着书或者手机，晒太阳。她饿了就坐在长椅上吃点东西，累了就去看电影。

白天渐渐变短了，天色日益昏暗。树木逐渐褪去颜色，叶子飘落下来。这位翻译的思绪一片空白。她开始感到轻松，感到抛却了身份。

她想象自己是一片飘落的树叶，和其他树叶一样。

夜里她睡得很好，早晨无忧无虑地醒来。她不去想未来，也不去想过往生活的轨迹。她悬浮在时间之中，像一个没有影子的人。同时她又充满活力，比任何时候都更有活力。

风雨交加的一天，她在一栋石头建筑的屋檐下躲雨。大雨倾盆而下。她没带伞，连帽子也没戴。雨落在人行道上，持续不断地发出声音。她想到了水的永恒之旅，从云端落下，穿过泥土，填满河流，最后到达大海。

街上布满了小水坑，对面建筑的外墙上覆盖着难以辨认的告示。翻译注意到一些女人在进进出出。偶尔会有一个人或者几人搭伴前来，按铃，然后进去。她感到好奇，决定跟进去看看。

进了大门，还得穿过一个院落，雨水聚在

院子里，好像落进了没有天花板的屋子。尽管会被淋湿，她还是停下来看了一会儿天空。再往前走，有一段漆黑的楼梯，台阶不太平整，有些女人正往上走，有些正在下楼。

楼梯平台上站着一个瘦高的女人，脸上有皱纹，却仍然很美。她留着短发，一身黑衣。衣服是透明的，没有确切的形态，袖子长而轻薄，如同翅膀。这个女人正张开双臂欢迎其他人。

请进，请进，有很多东西值得一看。

翻译进到公寓里，像其他人一样，把包留在大厅的一张长桌上。大厅的尽头是间宽敞的客厅。一排黑衣服挂在墙边的衣架上。

衣服像立正列队的士兵一样，但毫无生气。客厅另一头有沙发和点燃的蜡烛，正中央的桌上摆满水果、奶酪，还有一个用料十足的巧克力蛋糕。角落里有一架三折长身镜，你可以从不同的角度看见自己。

这间公寓的主人，也就是这些黑色衣服的设计师，正坐在沙发上抽烟聊天。她说着这个地方的语言，说得很好，但有轻微的口音。她和这位翻译一样都是异乡人。

欢迎。吃点东西吧，随便逛，别拘束。

有些女人已经脱去衣服，正在试这儿的服装，还在互相询问意见。到处是手臂、腿、臀和腰。换来换去。她们好像彼此都认识。

翻译脱下毛衣，除去身上的衣物。她开始有条不紊地试穿所有尺寸合适的服装，一件接一件，就像完成任务一样。有裤子、夹克、裙子、衬衫、套装。全是黑色，由柔软轻质的面料制成。

这些衣服很适合旅行，店主说。舒适又时尚，任何场合都合适。冷水手洗就行，不会皱。

其他女人都表示同意。她们说，如今自己

只穿这位店主设计的衣服。你必须到她家才能买到，得有私人邀请。只能通过这种方式，私密，隐蔽，氛围如同节日。

翻译站在镜子前，端详自己的形象。但她被客厅尽头镜子后面的一个女人分了神。她和其他人都不一样。她正在桌边工作，手里拿着熨斗，嘴里咬着一根针。她有一双疲惫的眼睛，一张忧伤的脸。

这些衣服都很优雅，做工很好。尽管穿上很合身，但翻译就是不喜欢。试完最后一件之后她决定离开。穿这些衣服她感到不自在。她不想再获得或积攒任何东西了。

地板上，沙发上，椅子上，到处是成堆的衣服，像黑色的漩涡。找了好一会儿她才找到自己的衣服。但她的黑毛衣不见了。她翻找了每个衣服堆，始终没发现。

房间几乎空了。翻译找毛衣的时候，绝大

多数女人都离开了。店主在为倒数第二个离开的人准备收据。只剩下翻译了。

店主看着她，好像第一次注意到了她的存在。

“您决定买哪件？”

“哪件都不买。我丢了一件毛衣，我自己的。”

“什么颜色的？”

“黑色。”

“哦，真遗憾。”

店主叫了镜子后面的女人，让她把地上的衣服捡起来，整理好。

“这位女士丢了一件黑色毛衣。”她说。“可我不认识您，”她又说，“您是怎么找来的？”

“刚才我在外面。跟着其他人进来的，不知道这里面是什么。”

“您不喜欢这些衣服吗？”

“喜欢，但我不需要。”

“您是哪里人？”

“不是本地的。”

“我也不是。您饿了吗？想要来点葡萄酒吗？或者水果？”

“不了，谢谢。”

“打扰一下。”

是那个为店主工作的女人。她拿来一件衣服给翻译看。

“在这儿，”店主说，“刚才被盖住了。我们找到了您的毛衣。”

翻译接过毛衣。但她还没穿上就立刻知道，这件不是她的。这是另外一件，非常陌生。羊毛更粗糙，黑色没有那么深，尺寸也不一样。她穿上照了镜子，这些差异更明显了。

“这不是我的。”

“您是什么意思？”

“这件跟我的那件很像，但不是。我不知道这是谁的，穿上不对。”

“但它肯定是您的。女佣已经把所有东西整理好了。地板上什么都没有，沙发上也没有，您瞧。”

翻译不想拿这件毛衣。她对它反感又厌恶。“这件不是我的，我的不见了。”

“您是什么意思？”

“也许别人不留神拿走了。也许是拿错了。也许还有其他顾客穿这样的毛衣？”

“我不记得了。好吧，我可以查一查，等等。”

店主又坐回沙发上。她点了一支烟，然后开始一个接一个地打电话。她给一个又一个女人解释发生了什么，和每个人说几句。

翻译等待着。她确信有个人带走了她的毛衣，而她手中这件属于别人。

店主放下电话。“很抱歉，我问了每一个人，今天没有别人穿黑毛衣，只有你。”

“但这件不是我的。”

她确信这不是她的。与此同时，有一种巨大的不确定性在吞噬她，把一切都抵消了，让她一无所有。

“谢谢您过来，再见。”店主说。她没再说别的话。

翻译感到空虚不安。她来到这座城市是为了寻求自己的另一个版本，一次变形。但她明白原本的身份一直暗中隐伏，永远无法把它连根拔除，那是一座永远无法逃脱的监狱。

她站在大厅里，想和那位在镜子后面、在桌边为店主工作的女人告别。但她已经不在了。

翻译回到家中，深感挫败。她被迫穿上了这件毛衣，因为还在下雨。那天夜里，她睡前没有吃东西，睡着之后也没有做梦。

第二天醒来的时候，她发现房间角落的椅子上有一件黑毛衣。黑毛衣又重新变得熟悉了。她知道这件衣服一直都属于她，前一天在那两个女人面前的反应和惹出的事端既无理又荒谬。

然而这件毛衣确实跟原来的不一样了，它不是她一直寻找的那件。看到它时，她不再感到厌恶。事实上，穿上以后她反倒更喜欢这件。她不打算找回丢失的那件，也不会想念它。现在，穿上这件毛衣时，她也变成了另一个人。

脆弱的庇护所

阅读意大利语作品的时候，我感到自己像是客人、一个远道来旅行的人，但所做的事情是基本合理的，并未逾矩。

但用意大利语进行写作的时候，我觉得自己像一个入侵者、一个冒名顶替者。写出来的东西仿佛是赝品，很不自然。我意识到自己越了界，一度感到茫然，急于逃离。我意识到自己是十足的外来者。

放弃英语，就是放弃了权威性，摇摇晃晃，缺乏安全感，虚弱无力。究竟是什么促使我远离了自己的主导语言，我所依赖的语言，我赖以成为作家的语言，转而投身于意大利语呢？

成为作家之前，我一直是缺乏清晰明确的身份认同的。正是通过写作，才感觉到某种自我实现。但用意大利语写作时并没有同样的感受。

对作家来说，在缺乏权威性的情况下写作意味着什么？如果感觉不到自己的可靠性，我还能自称“写作者”吗？

用意大利语写作的时候，既感到被钉在原地、受到限制，又好像更加自由了。这怎么可能呢？或许是因为在使用意大利语时，我拥有不必完美的自由。

为什么这种不完美的、不加修饰的新声音会如此有吸引力？为什么贫瘠也让人感到满足？放弃宫殿而住到大街上，住在脆弱的庇护所，这意味着什么？

或许因为从创造者的角度，没有什么比“安全”更加危险。

我想知道自由和限制之间的关系是什么，想知道监狱怎么会像天堂。

维尔加[*]有一段话是最近才读到的：“倘若我没有体验过自由，倘若我心中不曾生出灼热的渴求，想要见识到墙外的快乐，我会以为大地的一角、一小片天空、一瓶鲜花就足以让我享受到世间全部的欢乐。”

说这话的是《莺之死》的主角，刚刚到一个与世隔绝的隐修会当修女，被困在修道院，渴望着乡野、日光与空气。

可眼下我更愿意被圈禁起来。用意大利语写作，一小片天空就足够了。

---

* Giovanni Verga（1840—1922），意大利小说家、戏剧家，后文提到的《莺之死》（*La storia di una capinera*）是其在 1871 年发表的一部具有浪漫色彩的爱情小说。

我意识到用新语言写作的意愿源自某种绝望。我和维尔加笔下的夜莺一样备受折磨，也像她一样渴望别的东西——一种或许不该希求的东西。但写作的需要总是源自绝望，也伴随希望。

用某种语言写作之前，当然应该对它有透彻的了解。而我对意大利语的掌握程度还不够，用它写下的文字生涩、鲁莽又不准确。我愿意为此道歉，也愿意解释这种冲动的来源。

为什么要写作？为了探寻存在的秘密，为了接纳自己，为了更靠近外部世界的一切。

如果想要理解让我感动、困惑、痛苦的东西——简言之，一切能激起反应的事物，我就必须把它转化成文字才行。写作是我吸收和规整生活的唯一方式，若非如此，生活就太让人畏惧和不安了。

那些没有变成词句、没有经过转化的东西，

或者说未经写作的熔炉提纯的东西，对我来说几乎没有意义。只有持久存在的文字才显得真实。它们有一种力量，一种超越我们的价值。

考虑到我总是试图通过写作来破译一切，用意大利语写作，或许只是学习这门语言的一种更深刻、更刺激的方式。

自从孩提时代起，我就只属于我的词语。我没有所谓祖国，没有特定的文化背景。如果不写作，不和词语打交道，我就无法感觉到自己还活在世上。

一个单词是什么意思？一种生活有什么意义？到最后似乎是一回事。一个词可以有很多维度、很多细微的差别、极大的多样性，一个人、一种生活也是如此。语言是一面镜子，是最重要的隐喻。说到底，一个词的意义就像一个人一样，不仅无穷无尽，而且难以言喻。

不可能之事

我在某期《新论题》*上读到小说家卡洛斯·富恩特斯†的采访，里边有这么一句话："知道自己永远无法达到某个高度是非常有用的。"

富恩特斯指的是文学杰作——《堂吉诃德》那样的天才之作——始终无法企及。我认为这种高度对作家而言有极为重要的双重作用：它

* *Nuovi Argomenti*，知名意大利文学期刊，1953 年创刊于罗马。

† Carlos Fuentes（1928—2012），墨西哥作家，主要作品有《墨西哥的五个太阳》《最明净的地区》等。

们既提醒我们要以完美为目标，又提醒我们留意到自己的平庸。

身为写作者，不管用什么语言书写，我必须留意那些已经存在的伟大作家，接受自己的作品与他们的作品相较时所呈现出的本质。尽管我知道自己永远不可能像塞万提斯、但丁、莎士比亚那样写作，我也仍然在写。我必须处理好那些惊人的高度所激起的焦虑，否则就根本不敢动笔。

既然我现在用意大利语写作，富恩特斯的评论就显得更加中肯了。我不得不接受自己不可能达到的高度，它激励着我，同时也把我逼入墙角。如今的山巅，并不是比我更出色的作家所创作的作品，而毋宁说是语言的内核本身。尽管明知永远无法安身于那个内核，我也仍然试图通过写作去接近它。

不知道这是不是在逆流而上。我生活在一

个几乎任何事都可能发生的时代，没有人愿意接受限制。我们可以在瞬间发送消息，在一天之内从世界的一头抵达另一头。我们可以清楚地看到一个不在身边的人。多亏了技术，我们不必等待，不再有距离。这就是为什么人们可以肯定地说，世界比过去更小了。我们始终在线，永远可以被找到。技术比以往任何时候都更反对距离。

然而，意大利语学习计划让我强烈意识到了不同的语言之间存在的鸿沟。一门外语可能意味着一次完全的分离。即使在今天，它也足以证明我们可怕的无知。想用一门新的语言写作，想直达它的核心，没有任何技术可以帮上忙。这个过程无法加速，也无法简化。进展总是缓慢的，徘徊不前，也没有捷径可走。对一门语言的理解越深，它就越令人困惑。离得越近，距离它反倒可能越远。哪怕到现在，我和它之间的隔阂仍然无法逾越。我用了几乎半辈子的时间，才向前走了几步。只走到这里。

从这个意义上说，刚开始这一系列思考时那个穿湖而过的比喻是不对的。因为语言并非一个小小的湖，而是一片海洋，是庞大而神秘的存在，一种自然力量，你不得不屈服于它。

面对意大利语，我缺乏一个完整的视角，缺少能有所助益的距离。现有的距离只会妨碍我。

想要看到完整的风景是不可能的。我依靠某些途径、某些方法去尝试穿越，我信任并且或许太过依赖这些路径了。我认得某些词语、某些结构，就好像它们是每天散步时遇到的熟悉的树木。但最终，到了写作的时候，我还是陷在壕沟里。

我在边缘地带写作，正如我始终在国家和文化的边缘地带生活。在边缘很难让人有扎根的感觉，但确实会觉得少了许多拘束。某种程度上，我相信这是我唯一归属的区域。

我能沿着这门语言的边界行走，但它的内部始终躲避着我。我没有找到秘密通道和隐匿的地层，那些潜藏的平面，地底的部分。

位于蒂沃利*的哈德良别墅区有个庞大的街道网，这个令人叹为观止的系统完全建在地下。错综复杂的通道是为了让货物、仆人、奴隶通行而挖掘，目的是将皇帝与平民隔离开，将别墅生活真实、喧闹的一面隐藏起来，就如同皮肤把身体那些不堪入目但必不可少的功能隐藏起来。

我在这里理解了语言学习计划的精髓。迄今为止我就像参观别墅的游客，或是两千年前

* 蒂沃利（Tivoli），意大利拉齐奥的一个古镇，离罗马三十公里。

的哈德良，只在地面上行走，那是最容易接近的部分。但身为作家，我明白语言存在于骨血之中，那才是语言真正的生命力和精华所在。

让我们回到富恩特斯。我同意并且相信：意识到有些事情不可能做到，是一个人创作冲动的内核。面对一切不可企及的事物，都让人惊叹不已。没有对事物的惊奇感，没有这种惊叹，人就无法创造任何东西。

如果一切都有可能实现，生命的意义和目的是什么？

如果有可能完全弥合我与意大利语之间的距离，我会停止用这门语言写作。

威尼斯

在令人不安、几乎像梦一样的威尼斯，我找到了一种新的方式来理解我与意大利语的关系。这里的地形被分割成无数碎片，让人迷失方向，但给了我另一把钥匙。

它是桥梁与运河的对话，水与陆地的对话。这种对话表达的是分离与连接同时存在的状态。

在威尼斯去任何地方都要穿过无数的步行桥。起初，每隔几分钟就要过桥让人筋疲力尽。每段旅程似乎都不太正常，而且多少有些麻烦，但没过多久你就适应了。慢慢地，这样的旅程变得亲切诱人。上桥，跨过运河，下桥，来到对岸。在威尼斯漫步，意味着要无数次重复这个过程。一次又一次我发现自己悬在每座桥的中间，既不属于这里也不属于那里。用另一种语言写作，就像是这样的旅程。

我用意大利语写的东西就像一座桥，是被有意构建出来的，异常脆弱。它随时可能坍塌，让人身处险境。此时英语就在脚下流淌，我非常清楚它在那里：是不可否认的存在，哪怕我极力想要躲避。就像威尼斯的水，它始终是更强大、更自然的元素，这种元素永远威胁着要吞没我。矛盾的是，我可以毫不费力地在英语中生存下来，不会被淹死。但由于并不想接触水，我就造了桥。

威尼斯几乎所有元素都是倒置的，有时候难以区分什么是真实存在的，什么是幻觉和幽灵。一切都显得不太稳定，一切都可以变化。街道并不坚固。房子好像漂浮着。浓雾可以使建筑隐形。高水位能淹没广场。运河的倒影里，有一座不存在的城市。

在威尼斯体会到的迷失，与写作时的感受相似。尽管拿着六区地图，我还是会迷路。威尼斯的迷宫总是胜过地图一筹，就像一门语言总是凌驾于语法之上。在威尼斯漫步就像用意大利语写作，是种随时会失去平衡感的体验。我不得不作出妥协：写作时遇到死胡同、难以脱身的死角，就不得不放弃一些街道，不断地调整纠偏。在威尼斯，有时候会觉得窒息，心烦意乱，然后转过身，在最意想不到的时刻，发现自己正置身于一个孤独、寂静、闪亮的地方。

这些年来，威尼斯施加的影响越来越让我不安。它摧毁一切的美有着巨大的穿透力，而生命的脆弱又让人难以自持。我沉浸在一个随时会消解的激情之梦中。这个梦比生活更真实。一次又一次过桥，让人想起我们在尘世间必然经历的旅程，从生到死的那段路。有时候当我跨过某些桥，会担心自己已经抵达了彼岸。

尽管深爱这门语言，用意大利语写作也会有同样的不安。我迈出的这一步似乎是跃入虚空，是自我的倒转。就像大运河水面上建筑物颤动的倒影，我用意大利语写下的是同样难以捉摸的东西。朦胧暧昧，就像雾。我很怕到头来会发现，我们之间的桥梁并不存在。它至多只是一种幻想。

无论是在威尼斯还是在书页里，桥都是前往新次元、超越英语、到达别处的唯一通道。我写下的每个意大利语句都是一座有待建造，然后跨越的小桥。我是带着犹豫以及一种持久的、难以解释的冲动去做的。每个句子就像每座桥那样，把我从一个地点带到另一个。这是一条并不典型但却诱人的路。一个新的节奏。现在我差不多已经习惯它了。

未完成过去时

意大利语中还有很多东西在困扰我。比如前置词：alla parete，per terra，dal calzolaio，in edicola。*为了复习，我会在练习册里（nel quaderno）或者笔记本上（sul taccuino）做笔记。我有本语法书，里边包含大量类似的练习，用来帮助外国学生："Mettiti_?_ miei panni e prova_?_ vedere la situazione_?_ i miei occhi." †

---

* 意思分别为："在墙上，在地上，在鞋匠处，在报亭。"

† 意思分别是"穿上我的衣服，用我的眼睛看看现在的情况，设身处地考虑问题"，空格处要填的是前置词或缩合前置词。

这些练习很烦人，但我还是得做。如果想掌握这门语言，就不可能逃掉。我始终没法准确地做完那些填空题。阿尔贝托·莫拉维亚的一篇小说里有句绝妙的话，足够一劳永逸地教会我怎么使用前置词："最后我们来到一个沐浴在阳光下的广场，冷冽的微风预示着一场雪，我们面前的栏杆隔开了一幅无法亲见的壮观景象，只透过来一线光。"*

让人备受折磨的还有冠词的用法——我总是弄不清什么时候用，什么时候不用。为什么是"c'è vento"和"c'è il sole"？†我挣扎着想要弄清这些词组的区别：uno stato d'animo，una busta della spesa，giorni di scirocco，la linea

* 这段话的原文几乎包含了所有常用的前置词。

† 意思分别为："起风了、是晴天。"

dell'orizzonte。[*]犯错是家常便饭，在不必要的时候加上冠词（本来该是“Parliamo di cinema”，我却用了 del；本来该是“Sono venuta in Italia per cambiare strada”，我却多加了一个冠词 la）[†]。但是在阅读埃利奥·维托里尼[‡]的作品时，我发现可以说“Queste sono fandonie”[§]，冠词不见了；我还在街上看见一幅广告，学会了“Il piacere non ha limiti”[¶]。

顺便说一句：我也不太确定 limite 和 limitazione，funzione 和 funzionamento，

---

* 意思分别为：“精神状态，一个购物袋，干热风季，地平线。”

† 两句话的意思分别为：“我们谈谈电影吧，我来意大利是为了做出改变。”

‡ Elio Vittorini（1908—1966），意大利作家，对现代主义小说有巨大影响，主要作品有《西西里的对话》。

§ 意为：“这都是些谎话。”

¶ 意思是“享受无止境”，在这句话里，两个名词一个加冠词，一个不加。

modifica 和 modificazione 这些词之间的区别。[*] 有些长得很像的词让人非常痛苦：schiacciare 和 scacciare，spiccare 和 spicciare，fioco and fiocco，crocchio 和 crocicchio。[†] 到现在我还是会把 già 和 appena 弄混。[‡]

有时候在比较两种东西时会犹豫不决，于是我的笔记本里写满了这类句子："Di questo romanzo mi piace più la prima parte della seconda."[§] "Parlo l'inglese meglio dell'italiano."[¶] "Preferisco Roma a New York."[**] "Piove più a

---

* 意思分别为："限制，功能，更改。"

† 这几对形近词的含义分别是："压碎和驱逐，突出和迅速了解，细弱的和蝴蝶结，一小群和十字路口。"

‡ 意思分别为："已经，刚刚。"

§ 意为："这本小说我喜欢第一部分胜过第二部分。"

¶ 意为："我英语说得比意大利语好。"

** 意为："比起纽约我更喜欢罗马。"

Londra che a Palermo." *

我意识到把外语学到完美是不可能的。出于某种原因，意大利语最让我困惑的是"未完成过去时"与"近过去时"的区别。这本来应该很简单，但不知为何对我来说十分困难。要在它们中间作出选择的时候，总是拿不准哪个才对。我看到岔口，减缓了速度，觉得自己就要停下来了。我充满了怀疑，开始慌神。我没办法凭本能分辨两者的区别，就好像得了暂时性的近视。

直到去了罗马，开始每天都说意大利语，我才意识到这个问题。听朋友说话的时候，跟意大利语老师聊起什么事儿的时候，我注意到了。本该是"c'era scritto"，我却说"c'è stato

* 意为："伦敦下雨比巴勒莫多。"

scritto" [*]。本该是 "è stato difficile"，我却说 "era difficile" [†]。总之 "era" 和 "è stato" 让人困惑——它们都是动词 essere[‡] 的变位，这是个至关重要的动词。我留意到这个问题，在罗马几乎有一年的时间，这种混淆都让我备受困扰。

为了帮我弄清楚，我的老师提供了一些形象的解释：二者是大背景和主要行动之间的区别，框架和画面之间的区别。未完成过去时是一条曲线，而非一条直线。它是一个情景，而非一个事实。

人们会说 "La chiave era sul tavolo" [§]，这种

---

* 意为："上面写着。"

† 意为："(某事)很难。"

‡ 意大利语中的系动词，最常见的含义包括 "是、存在、有" 等。"era" 和 "è stato" 分别是它的未完成过去时变位和近过去时变位。

§ 意为："钥匙在桌子上。"

情况就是一条曲线、一个情景。但对我来说这也像一个事实——钥匙就是在桌子上。

人们会说“Siamo stati bene”[*]，这种情况是一条直线、一个带有结论性意味的条件。但对我来说它也像一种情景。

这种混淆就像一种几何图形，一种视觉上的幻象，通常会出现在教堂或者古老宫殿的地板上。一组三色方形图案，简单与复杂并存的设计，会欺骗人的眼睛。这种幻象产生的效果既让人震撼，又让人不安——视角总是不断变化，因此你可以同时看见一个事物的两个版本、两种可能。

寻找线索的时候，我发现有两个副词经常和近过去时一起使用：sempre 和 mai[†]。例如

---

* 意为：“我们都很好。”

† 意思分别为：“总是，从来没有。”

"Sono stata sempre confuse." * 或者 "Non sono mai stata capace di assorbire questa cosa." † 我自以为发现了一个要点，也许还是条规则。接着，在读娜塔丽亚 · 金兹伯格 ‡ 的小说《曾经如此》（也叫《干涸的心》）时（小说的标题也为这个主题提供了例证），发现了这些句子："Non mi diceva mai che era innamorato di me... Francesca aveva sempre tante cose da raccontare... Aspettavo sempre la posta." § 没有规则，只有更多的疑惑。

---

* 意为："我总是很困惑。"

† 意为："我从来都没法理解这个东西。"

‡ Natalia Ginzburg（1916—1991），意大利作家，主要作品有《家庭絮语》《城市与家》等。

§ 意为："他从未对我说过他爱上了我……弗朗切斯卡总有一堆故事要讲……我一直在等信。"三句话中都包含上文提到的两个副词，却都用了过去未完成时。

有一天，我读了马西莫·卡洛托*的小说《世上再无一物》，像个疯子一样画出了动词 essere 的所有过去时用法。我把所有句子抄进笔记本里："Sei stato dolce.""C'era ancora la lira.""È stato così fin da quando era giovane.""Ero certa che tutto sarebbe cambiato in meglio."†结果这番辛苦白费了，最后只学到一件事：这完全取决于语境和意图。

如今，未完成过去时和近过去时之间的差异不那么令人困扰了。我已经知道晚餐结束时说"È stata una bella serata."‡用的是近过去时，但如果说"在下雨之前，这还是个美好的夜晚"

---

* Massimo Carlotto（1956— ），意大利作家和剧作家，以犯罪小说著称。

† 意思分别为："你真温柔，里拉还在流通，他从年轻时起就这样了，我曾相信一切都会变好。"

‡ 意为："这真是个美好的夜晚。"

就要用未完成过去时（era）。我也知道“我去希腊待了一周”是近过去时（sono stata），但“我在希腊的时候生病了”要用未完成过去时（era）。我理解了未完成过去时是一种开场白，一种开放性的行动，没有边界，没有开始或结局。它更像一个悬停的动作，并没有被包含、限制在过去的时间段内。我理解了未完成过去时与近过去时之间的关系是一套精确复杂的系统，让时间的流逝显得更加具体，更加鲜明。这是一种描述抽象概念、感知不存在之物的方法。

不用说，实际上，这个障碍让我感到“imperfetto”*。尽管这令人沮丧，却像是命中注定。我用这个词来定义自己，是因为不完美

* “imperfetto”在意大利语中既可以指“未完成过去时”，也可以作为形容词表示“不完美的”。

的感觉始终伴随着我。我一直在努力改进，纠正，因为一直就觉得自己是个有瑕疵的人。

由于分裂的身份，或许也是出于天性，我认为自己是不完备的，某种意义上甚至是有缺陷的人。可能也有语言上的原因——并没有一种能让我产生身份认同感的语言。小时候我在美国，想要说一口流利的孟加拉语，不带口音，以使父母满意，更重要的是为了感受到我完完全全是他们的女儿。但那根本不可能。另一方面，我也想被视为美国人，尽管我的英语说得很好，但这也是不可能的。悬在空中，无法扎根。你身上有两面，但哪一面都不清晰。这种过去和现在都存在的焦虑，源自一种“我不够好”“我会让别人失望”的感觉。

我在意大利虽然相当自在，却比以往任何时候都清楚这种不完美。每一天，只要用意大利语说话、写作，就会与它正面相遇。这条曲线留下了痕迹，不管在哪里都伴随左右。它会暴露我；泄露我并未根植于这种语言的事实。

作为成年人，作为写作者，我为什么会对自己与不完美之间新的关系感兴趣？它能给我什么呢？我会说这是一种惊人的清晰感，一种更深刻的自我意识。不完美会激发创意、想象和创造力。它给人以刺激。我越觉得自己不完美，就越觉得自己活着。

我从小就开始写作，是为了忘记自己的不完美，为了把自己隐藏在生活的背景中。在某种意义上，写作是对不完美的额外馈赠。一本书和一个人一样，在整个被创造的过程中，始终是不完美、不完备的。经历了孕育的过程之后，人会出生，然后长大，但我认为一本书只有在写作的过程中才是活着的。写完以后，至少对我而言，它就死了。

毛头小伙

我应邀去卡普里岛参加文学节。文学节上有一系列英语作家与意大利语作家的对话，地点在一个俯瞰海洋的小广场上，可以看见著名的法拉廖尼礁石群。每年的文学节会有一个主题，作家们互相讨论。这一年的主题是“胜利者与失败者”。文学节开始前，与会者们应邀就这个主题写一篇文章，然后印在一份双语手册上。由于我是英语作家，他们认为我会用英语写作，然后由别人翻译成意大利语。但我已经在意大利住了差不多一年，一直在竭力避免使用英语。我用意大利语写了文章，现在需要把它翻译成英文。

我自己是理所当然的译者，但眼下我根本不想走回头路。事实上，这让我感到害怕。当我向丈夫表达这种不情愿时，他说："你应该自己翻译。总比别人动手要好，那样一来你就没法控制了。"我遵从了他的建议，怀着某种责任感，最后决定自己来翻译。

我以为会很容易。一次顺势下坡，而不是上坡。结果这项任务的艰巨程度让我大为震惊。用意大利语写作的时候是用意大利语思考，而为了把它翻译成英语，不得不激活大脑的另一个部分。我一点都不喜欢这种感觉，这是一种抽离感，就好像与分开好几年、早已厌倦的男友偶遇，而他再也无法吸引我。

一方面，经过翻译的文字并不好，读起来寡淡、无趣，无法传达我的新想法。另一方面，我掌握的英语所具备的丰富性、力量和柔韧性也让我措手不及。突然之间，无数的词汇和精细的表达来到脑海里。我拥有一套可靠的语法，不再有任何犹豫。在英语中，我不再需要词典，不再需要攀爬。这些旧日的知识和技巧让人沮丧。这个技艺娴熟的作者是谁？我不认识她。

我觉得自己不够忠诚。我害怕会在违背自己意志的情况下，不情愿地背叛了意大利语。

与意大利语相比，英译文显得压倒一切，盛气凌人，自以为是。它像是被囚禁了很久，刚刚放出来，怒气冲冲。或许它已经感觉到自己被忽略了将近一年，对我非常生气。两种语言在书桌上对峙，但一眼就能看出谁是胜者。译文在吞噬和拆解原文。我确实很惊讶，这场血腥的斗争恰恰印证了文学节的主题，也就是这篇文章的主题。

我想保护我的意大利语，像抱住新生儿一

样把它抱在怀里。我想悉心照料它，它需要睡觉、吃饭、长大。和意大利语相比，英语就好像一个臭烘烘的毛头小伙。我想对他说，走开，别打扰你的小兄弟，他还在睡觉。他还没长成能跟你追逐玩耍的人，还没有变成像你一样无忧无虑、强壮、独立的少年。

现在我意识到自己正用一种新的方式描述我和意大利语的关系，我引入了一个新的隐喻。在这之前，我一直在用一个浪漫的类比：坠入爱河。现在翻译自己作品的时候，我就像是两个孩子的母亲。我注意到自己对语言的态度发生了变化，但也许这种变化反映出的是一种发展，一段自然的过程。一种形式的爱紧随着另一种形式；一对相爱的情侣，在理想的状态下，会孕育出下一代。而我对孩子的感情甚至更强烈、更纯净、更卓绝。母性是发自本能的联结，一种无条件的爱，一种超越了吸引力和相容性的奉献。

把这篇短文翻译成英语时，我觉得自己分裂成了两半。我无法处理这种紧张的关系。我无法像杂技演员一样，在两者之间移动。我又有了那种不愉快的感觉，我不得不同时是两个不同的人——这种生存状态伴随了我一生。我知道贝克特把自己的作品从法语翻译成了英语。这对我来说是不可能的，因为我的意大利语要弱得多。这对兄弟还不是对手，而我偏爱小的那个。我没法保持中立。

将作品翻译成英语，我把这视为一项任务，仅此而已。这就像是原地打转，没有神秘感，没有新的发现，也不能与自身以外的事物相遇。

但我不得不承认，在这两个版本之间的旅行还是有其益处。到最后，在翻译上花的功夫让意大利语版更加清楚、更加确切了。尽管过程让作者感到焦虑，但对写作还是有用的。

我想，翻译是最深刻、最亲密的阅读方式。翻译是两种语言、两个文本、两位作者之间美好又充满张力的相遇。它意味着一次增长、一次更新。过去我喜欢翻译拉丁文、古希腊语、孟加拉语，这种方式能让人贴近各种语言，与那些遥远时空的作者产生联系。但翻译自己的作品全然不是一回事，何况在有待翻译的这门语言中，我只是个学徒。我费了很大的力气用意大利语写完那篇文章，刚刚觉得卸下了重负，虽然疲累，但非常兴奋。我想停下来，重新找到方向。但新的航程来得太快，让人很难受。这像是一场失败，一种倒退。它的破坏性强于创造性，几乎像是自毁。

在卡普里岛，我用意大利语做了演讲。我大声朗读了自己写的那篇关于胜利者和失败者的文章。我看到在那一页的左边，用蓝色印出了英语；在右边，用黑色印着意大利语。英语沉默又平静。这一对兄弟被印到纸上，装订起来，互相容忍着。至少在这一刻，它们能够和平相处。

读完以后，我与两位意大利作家交谈。我们身边坐着一位译者，把我们说的话翻译成英语。我每说几句话就停下来，让她翻译。这种英语的回响真是绝妙又难以置信，既是一个闭环，又是一种彻底的反转。我为此既惊奇又感动，想起十三年前在曼托瓦，那时如果没有翻译，我就不能在听众面前表达自己的想法。那时我从未想到自己能实现这个目标。

听着译者在旁边说话时，我第一次开始信任自己的意大利语。尽管它永远是两兄弟中更小的那一个，但这个瘦弱的孩子还是渡过了难关。多亏那位长子，我才能看见第二个——听到他的声音，我甚至还有些钦佩这个小小的孩子。

第二次流亡

在罗马生活一年以后，我回到美国待了一个月。我立刻就开始想念意大利语。不能每天听到它、用它说话，让人非常沮丧，去商店、餐馆和海滩都能生气：为什么没人说意大利语？我不想和任何人互动，也感受到了思念之苦。

我在罗马吸收的一切似乎都不见了。重回关于母性的比喻：我想起孩子们出生后第一次离开他们的情景。那时候我感到了巨大的焦虑，非常内疚，尽管这种短暂的分离是完全正常的，对我、对孩子们都很重要。在那之前，我们的身体曾经紧密相连，但其实是互相独立的，认识到这一点至关重要。然而现在就和当时一样，可以敏锐地察觉到一种物理上的分离，这种分离令人痛苦，仿佛你的一部分消失不见了。

这段遥远的距离可以清楚地感知到，也能感知到一种压迫性的、难以忍受的沉默。

每一天，意大利语的缺席都更加猛烈地发起进攻。我害怕忘掉了所学的一切，害怕它们被摧毁。我想象有个吞噬一切的漩涡，所有词语都消失在黑暗中。我在笔记本里列了一张清单，上面是所有与离开有关的动词：scomparire，svanire，sbiadire，sfumare，finire。* Evaporare，svaporare，svampire。† Perdersi，dileguarsi，dissolversi。‡ 我知道其中有些是 morire 的近义词——意思是“死亡”。

---

* 意思分别为：“消失，减弱，褪色，逐渐消散，结束。”

† 意思均为：“蒸发，消散。”

‡ 意思分别为：“迷路，消失，消除。”

备受折磨之中，有天下午在科德角，一位米兰的记者打来电话要采访。我已经等不及接起她的电话，但在交谈的时候，我担心我的意大利语听起来有点奇怪，因为这些天已经疏于练习了。外语是一块精细的肌肉，如果你不用，它就会变弱。在美国，我的意大利语听起来很刺耳，像是从别处移植而来。说话的方式、声音、节奏、音调被连根拔起，移到了别处。这些话显得无关紧要，没有任何意义。它们就像漂流者、游牧人。

我年纪稍小的时候，身在美国的父母总像是在为什么东西悲伤不已。现在我明白了，一定是因为语言。四十年前，他们想在电话里和家人交谈并不容易。他们一直在盼望来信，苦苦等待从加尔各答寄来、用孟加拉语写成的信件。他们把每封信读了上百遍，然后保存起来。那些信唤醒了他们的语言，召唤出已经消失的生活。如果一个人赖以建立身份认同感的语言在远方，他会不惜一切代价来保持这种语言的鲜活。因为词语能带回一切：那些地方，那些人，那种生活，那些街道，光线，天空，花朵，声音。要是失去了自己的语言，一个人就会有失重之感，同时又会觉得负载过重。就好像呼吸另一种空气，身处另一个海拔，你始终能察觉到异样。

虽然只在意大利生活了一年，回到美国的时候，我已经有一点类似的感觉，虽然并非完全如此。我并不是意大利人，也不是双语者，意大利语只是成年后学会的语言，是经过培育熏陶之后才掌握的。

在科德角的某一天，我偶然经过一个二手书摊，它是露天的，就在一个类似小广场的地方。草地上摆着很多折叠桌，上面堆着各种书，都很便宜。一般情况下我会翻找一个多小时，然后买一堆东西，但这次我什么都不想买，因为所有的书都是英语书。我拼命寻找用意大利语写的。有几个箱子里装的是外语书，我看见一本翻旧的德语字典，还有几本破破烂烂的法语小说，但没有意大利语书。唯一有点吸引力的是用英文写成的意大利旅游指南，我只买了这一本，因为它提醒我八月底就要回罗马了。其他所有书都无所谓了，包括一本我自己的，就好像它们才是用外语写的。

现在是一场双重危机。一方面，我非常清楚自己和意大利语之间隔着海洋那么远的距离。另一方面，和英语之间也有了隔阂。在意大利翻译自己作品时我已经有所察觉了。但我想，情感上的疏远总是更明显也更具冲击力，因为距离再近，中间也横亘着深渊。

为什么没有觉得英语更亲近？一门通过学习掌握了读写的语言，怎么不能带来安慰？到底发生了什么，而这又意味着什么？这种疏远、这种祛魅让我感到迷惑不安。我比以往任何时候都感到，自己是个没有确切的语言、没有故土、没有定义的作家。这究竟是优势还是劣势，我并不清楚。

月中，我去布鲁克林区探望那位威尼斯的意大利语老师。这次不上课了，只是进行了一番长谈。我们谈到罗马，也谈到她的家庭和我的家庭。我给她带去一盒小饼干，给她看了我新生活的照片。她从书架上取下几本书送给我，都是平装本：卡尔维诺、帕韦塞和西尔维奥·达尔佐*的小说，还有翁加雷蒂†的诗集。这是我最后一次来这里了。老师

---

* Silvio d'Arzo（1920—1952），意大利作家，主要作品有《他人之家》等。

† Giuseppe Ungaretti（1888—1970），意大利隐逸派诗歌重要代表，主要诗集有《覆舟的愉快》《时代的感情》等。

马上就要搬家，离开布鲁克林。她已经卖掉居住多年的房子，我们当初上课的地方。她正在打包收拾搬家的东西。以后回到美国，再来布鲁克林，就见不到她了。

我背着一小摞意大利语书回了家，有了这些书，尽管到处弥漫着忧郁，我还是让自己平静了下来。在这段寂静的语言隔离期，只有书让人安心。书籍是克服现实的最好工具——私密、审慎、可靠。

我每天读意大利语的书，但是什么都没写。回到美国以后变得很被动，尽管我带回了词典、练习册和笔记本，还是一个单词都写不出来。日记里什么都没有记录，完全不想写。在写作这件事上，我变得很怠惰，像是身处一间创意等候室，能做的只有等待。

终于，到了八月底，我站在机场的登机口，重新被意大利语包围。我看到了刚刚结束纽约之行、踏上归程的意大利人，听到了他们的交谈。我先是感到放松和愉快，接着马上意识到自己和他们不同。我是不一样的那一个。和父母去加尔各答度假时，也和父母不一样。我并不是要回到罗马与自己的语言团聚，而是要回去继续对另一种语言的追逐之旅。

那些不属于任何地方的人，实际上没有办法回到任何地方。流亡和回归的概念都暗示着有一个起源，有一片故土。但我既没有故土，也没有真正的母语，只好在世界上四处游荡，甚至包括坐在书桌前的时候。到了最后，我意识到这并不是一场真正的流亡，远远不是。我甚至被放逐出了“流亡”这个概念。

墙

每一种欢乐中都有痛苦。每一种炽热的激情都有阴暗面。

在罗马的第二年，圣诞过后，我和家人去了帕埃斯图姆[*]看神庙，接着在萨勒诺[†]待了几天。经过市中心一家商店的橱窗，我注意到几件漂亮的童装，就带着女儿走了进去。我找到售货员，告诉她我想为女儿挑选裤子。我描述了自己的想法，提到可能合适的颜色，还补充

* 帕埃斯图姆（Paestum），意大利坎帕尼亚地区的城镇，以三座宏伟的古希腊多利安式神庙而闻名。

† 萨勒诺（Salerno），意大利坎帕尼亚地区的第二大城市。

说女儿不喜欢太紧的款式，更愿意穿舒服的裤子。总之我说了好一会儿，用的是流利但不太地道的意大利语。

过了一会儿，我丈夫带着儿子进来了。丈夫是美国人，但他和我不一样，看起来倒有几分像意大利人。他当着售货员的面和我用意大利语简单说了几句。我给他看一件打折的夹克，或许适合儿子，他都用简短的单音节词回答：好，行，对，再看吧。没有一个完整的句子。我丈夫的西班牙语说得很好，所以他的意大利语常常带着西班牙口音。他会把“sessantuno”说成“sessenta y uno”*，把“bellezza”说成“bellessa”†，把“mai”说成“nunca”‡。孩子

* 意为：“六十一。”前一种是意大利语，后一种是模仿西班牙语口音的拼法。

† 意为：“美。”同上。

‡ 意为：“绝不、永不。”前者是意大利语，后者是西班牙语。

们经常为此取笑他。他的意大利语还不错，但不如我。

我们决定买两条裤子，再加那件夹克。在收银台付钱的时候，售货员问："你们从哪儿来？"

我解释说我们住在罗马，去年刚从纽约搬来。这时候售货员说："但您的丈夫肯定是意大利人吧。他的意大利语非常好，没一点口音。"

这就是我永远无法跨越的界限——我的外表。不管我把意大利语学得多好，这堵墙将永远挡在我们之间。

我当时简直要哭了。我想大喊："我才是疯狂热爱你们语言的人，不是我丈夫。他说意大利语，只是因为有这种需要，因为他正好在这儿生活。我学习你们的语言超过二十年了，他才不到两年。我只读你们的文学作品，现在能在公开场合演讲，能做电台访谈，用意大利语写日记和小说。”

但我什么都没说，谢过她，说了再见，就出去了。我知道我的依恋没有价值，所有投入、所有热情都没有任何意义。对那个售货员来说，我丈夫的意大利语说得非常好，应该得到称赞，而不是我。我感觉受到了羞辱和冒犯，还很嫉妒。我无话可说。最后，我们走到街上，我用意大利语对丈夫说："Sono sbalordita." *

我丈夫用英语问："Sbalordita 是什么意思？"

萨伦诺发生的插曲只是在意大利反复碰壁的一个例子。我由于外表而被视为外国人。这是真的，我确实是。但作为一个会说意大利语的外国人，我在这个国家有两种截然不同的语言体验。

相识的人都跟我说意大利语。他们很高兴

* 意为："我很震惊。"

我能理解他们的语言，也很愿意分享。和朋友们用意大利语交谈的时候，我会感到沉浸在这种语言当中，受到欢迎，被人接纳。我在参与它：在意大利语口语这个剧场里，我也扮演了一个角色，加入了演出。

但是当我走进像萨勒诺那家店一样的商店时，又会被生硬地抛回岸上。那些根本不认识的人看着我，以为我不会意大利语。当我用意大利语和他们说话，或者提出什么请求的时候（一头蒜、一枚邮票，或者一些时间），他们会困惑地说："我不明白。"总是一样的反应，一样的怒目而视。就好像我说的是另一种语言。

他们不理解，是因为不想理解；不想理解，是因为不想听我说话，也不想接纳。这就是墙的运作方式。不理解就可以忽略，可以不必将其考虑在内。这些人看着我，但并没有看见。他们并不认可对方为了说好这门语言所做的努力，相反，这还会激怒他们。有时候我会觉得自己像个因为乱动东西而被训斥的孩子。“别碰我们的语言，”有些意大利人似乎在说，“它不是你的。”

学习语言是外来者融入新国家的根本途径，它使建立关系成为可能。如果没有语言，你很难感到自己的存在是正当的、受尊敬的。没有声音就没有力量。在这堵墙上没有裂缝，也没有入口。如果我在这里度过余生，哪怕能说一口完美无瑕的意大利语，那堵墙对我而言也会始终存在。我想到了一些在意大利出生和长大、把这里当作祖国、说着完美意大利语的人，他们在某些意大利人眼里，可能仍旧是“外国人”。

我丈夫名叫阿尔贝托。对他来说，只要伸出手，用意大利语跟人说“幸会，我是阿尔贝托”就足够了。因为他的长相、他的名字，每个人都觉得他是意大利人。当我做出同样的举动时，还是那批人，会用英语说："很高兴见到你。"当我继续说意大利语，他们就会问："你怎么说得这么好？"接着我就得提供解释。我会说意大利语这个事实对他们而言似乎很不寻常。并没有人向我丈夫提出这个问题。

一天晚上，我在罗马弗拉米尼奥区的一家书店宣传我的最新小说。我已经准备好与一位意大利朋友（也是一位作家）就几个文学议题进行对话。活动开始前，我和丈夫刚刚认识的一位男士问我是否打算用英文做演讲。我用意大利语回答说要用意大利语演讲，而他问我是否是从丈夫那里学会了这种语言。

在美国，虽然我把英语当成母语来讲，虽然我被视为美国作家，但还是会出于种种原因遇到同样的墙。因为名字和长相，我时不时会被问及为什么选择用英语而不是母语写作。初次相识的人，只要看见我，知道了我的名字，听到了我说英语，就会问我从哪里来。我不得不为自己使用的语言做辩护，哪怕对它的掌握无可指摘。如果我不说话，甚至有很多美国人也觉得我是外国人。记得有一次从波士顿的一家图书馆回来，在街上遇见一个发广告传单的人。当时我正在写博士论文，主题是十七世纪的英语文学。我拒绝接过传单，那个人就朝我喊："你他妈有毛病吧？不懂英语吗？"

即使在印度，在加尔各答——那座城市使用我所谓的母语，也无法避开这堵墙。除了很早就认识我的亲戚以外，几乎每个人都以为我既然没在印度出生和长大，就只会说英语，或者几乎听不懂孟加拉语。尽管我有印度长相和印度名字，他们也还是用英语跟我说话。我用孟加拉语作答时，他们表现出的惊讶就和某些意大利人、美国人一模一样。在任何地方，都没有任何人觉得我所说的语言属于我。

我是个作家，完全依靠语言来确立自我身份。我用语言工作，然而这堵墙总让我保持距离，把我隔离在外。这堵墙无法避免，不管去哪儿，它都四面围绕，以至于我开始怀疑，墙是不是我本身。

写作，是为了拆毁这堵墙，以一种纯粹的方式表达自己。写作的时候，外表和名字都无关紧要。人们在没有看见我的样子、没有心怀偏见、没有戴有色眼镜的情况下聆听这个声音。我是隐形的。我变成了我的言语，而言语也变成了我。

用意大利语写作时，我不得不接受第二堵墙的存在。它非常高，甚至更难越过：它就是语言之墙。但从创作的角度看，语言之墙不管多么让人恼怒，还是能够激发兴趣和灵感的。

最后一个例子：有一天在罗马，我和我的

意大利出版商、他的妻子在英吉利酒店共进午餐。我们谈到了我在意大利出版的最新作品，也谈到我想写一写自己和意大利语的关系。我们谈了安娜·玛利亚·奥尔泰塞*和其他几位我想要翻译的意大利作家。我的出版商似乎对这些新项目充满热情。他说我目前的打算——用意大利语写作——是个好主意。

午餐过后，我在科尔索大街看见一家卖鞋和包的商店，橱窗里的东西吸引了我的目光。我走进商店，这次什么也没说，只是沉默着。售货员看见我，立刻用英语说："我能帮您吗？"在意大利，这句礼貌的英语时不时就会冒出来让人心灰。

---

* Anna Maria Ortese（1914—1998），意大利作家，主要作品有《那不勒斯纪年》等。

三角

我想谈一谈我会的三种语言。这里需要阐述我和每种语言的关系，以及它们三者之间的联系。

我生命中的第一门语言是孟加拉语，这是从父母那儿继承来的。在生命的前四年里，它一直是我的主导语言，直到我开始在美国上学。身处孟加拉语的环境是很自在的，尽管我出生和长大的国家被另一种语言包围。我与英语的第一次接触非常艰难，也很不愉快：被送到幼儿园的时候几乎留下了创伤。我不信任幼儿园的老师，也很难交到朋友，因为我被迫用一种不常说的语言来表达自己的意思。我只是勉强会这门语言，它很陌生。我只想着回家，回到我熟悉的、受到关爱的语言环境中。

但是几年以后学会了阅读，孟加拉语就倒退了一步。那时候我大概六七岁，自那以后，我的母语就没有能力独自抚养我了。某种意义上讲，它死去了，继母——英语——取而代之。

我不断地了解她、破译她、满足她，由此变成了充满热情的读者。然而母语仍然是一个苛刻的幽灵，并没有消失。父母希望我在他们和他们的朋友面前只说孟加拉语。在家说英语会受到指责。我说英语的那一部分，去上学、阅读和写作的那部分，是另一个人。

我对哪种语言都无法建立起认同感。一种总是躲在另一种后面，但又没有完全隐藏起来，就像满月可以整夜躲在云层后面，然后突然出现，散发光芒。尽管我在家人面前只说孟加拉语，但英语仍然无处不在，大街上、书页里，到处都充斥着它。从另一方面看，我每天都在教室里说几个小时英语，之后就会回到不用英语的家里。我意识到必须把两种语言都说得相当好：一种用来取悦父母，另一种用来在美国生存。我悬停在两种语言之间，被它们撕裂。语言的来来去去让我迷惑。这好像是个无法解决的矛盾。

两种语言没法共处，它们是不能相容的对手，互不妥协。我想，除了我以外，二者并没有任何共同点。这让我觉得，自己就是一个矛盾。

对我的家人来说，英语象征着一种他们不愿屈服的异国文化。孟加拉语代表着我属于父母的那一部分，也就是不属于美国的那一部分。在学校里，从没有任何一位老师、任何一个朋友对我会说另一种语言这件事感到好奇。他们对此既不赞赏，也从不过问。他们完全不感兴趣，就好像我的这一部分、这种能力并不存在。就像英语对我父母的意义一样，对我在孩童时期认识的美国人来说，孟加拉语代表着一种遥远、未知、可疑的文化，或许实际上又什么都没有代表。和我那熟知英语的父母不同，美国人完全没有注意到我们在家说的这种语言。孟加拉语是他们可以轻易忽略的东西。

我越多地用英语阅读和学习，对它的认同感就越强。我尽量像我的朋友们一样，他们都不会说别的语言。我觉得他们过着正常的生活。如果不得不在美国朋友面前说孟加拉语，还会觉得羞愧。我在朋友家做客的时候，很讨厌接到母亲的电话。我想尽可能深地隐藏我和这种语言之间的关系，想否认它。

我对说孟加拉语感到羞愧，同时又为这种羞愧的感觉而羞愧。说英语的时候，很难不产生脱离父母的感觉，也很难摆脱分离的不安：

进入一个孤立的空间，失去了他们的保护。

我早已见识过说不好英语或者带外国口音的后果。几乎每一天，我都会看见父母在美国遇到的那堵墙。长久以来这都让他们不安。有时候我得向他们解释一些词的意思，就好像我才是长辈。有时候我得替他们说话。在商店里，销售员更倾向于对我说话，因为我的英语不带外国口音。就好像我那带口音的父母听不懂似的。我讨厌销售员对他们的态度。我想要捍卫他们，想要抗议："他们能听懂你说的每一句话，可你连一个孟加拉语单词都不懂，也不懂这世界上任何一门别的语言。"然而，当我的父母说错哪个英语单词的时候，我也一样感到恼怒。我会唐突地纠正他们，不希望他们这么脆弱。我既不喜欢自己的优势，也不喜欢他们的劣势。我巴不得他们的英语像我的一样好。

我不得不在两种语言之间搏斗，直到二十

五岁的时候发现了意大利语。当时并没有学习这门语言的必要。家庭、文化、社会压力，在各个层面都没有这种需求。

意大利语来了，它是语言之旅的第三个点，构成了一个三角形。它造出了一个形状而非一条直线。三角形是个复杂的结构，一个带来变化的图形。第三个点加入了那对争吵不休的语言，动态平衡被改变了。我是那两个不幸福的点的女儿，但第三个点并非源于前两个。它来自我的欲望、我的辛劳。它来自我。

学习意大利语是一趟旅程，它带我脱离了英语和孟加拉语在生活中长期以来的冲突。这是我对母亲和继母的双重拒绝。一条独立的路径。

新路径会引向何方？这一趟逃离之旅将在什么时候、什么地方结束？逃离之后该做什么？这并非字面意义上的“逃离”。虽然我确实在逃离，但仍能意识到英语和孟加拉语都在我身边。就像在一个三角形中，一个点总是不可避免地引向另一个。

英语和意大利语是距离最近的两个点。它们都有大量拉丁词源的单词，分享一片共同的领土。不必说，我经常遇到已经认识的意大利语单词，因为有对应的英语单词。我对英语的了解无疑在这里起了作用。但它也会误导我。时不时地，我会自以为懂得某个意大利语单词的意思，因为知道它的拉丁词源，但要给出定义的时候却发现是错的。这时候我才意识到，我连它在英语中的准确含义都不清楚。对意大利语的了解越深，就越多地暴露出我在英语上的薄弱。这个过程让我对两种语言的理解都加深了，因此这一趟逃离之旅也算是一次回归。

孟加拉语和意大利语同属印欧语系，但它们之间的距离要比英语和意大利语远得多。就我所知，孟加拉语和意大利语只有一个词的含义相同：gola*。在孟加拉语里，“chi”指的是“che”，而“che”的意思是“chi”。† 这些都是无关紧要的小事。但孟加拉语用另一种方式帮助了我。由于从小一直说孟加拉语，我的意大利语不带英语口音。我的舌头已经适应和习惯了意大利语的发音。我会所有的辅音、元音、双元音，这些对我而言都很自然。从语音的角度来看，意大利语和孟加拉语的关系比它和英语的关系要近得多。因此我不得不承认，即使在这场逃离之旅中，孟加拉语也以某种方式陪伴着我。

在生活中引入第三种语言、创造出一个三角形，这种冲动从何而来？这个三角形是什么

---

* 名词，意为：“喉咙、嗓门。”

† 在意大利语中，“chi”和“che”作为关系代词分别指代人和事物。

样的？它是等边三角形吗？

如果要画出这个三角形，我会用钢笔来画英语那条边，用铅笔画另外两条。英语始终是基础，是最坚固、稳定的那一条线。孟加拉语和意大利语都更弱，有些模糊不清。它们一个是继承而来的，另一个是后天收养的，是在渴望中得来的。孟加拉语是我的过去，而意大利语或许是通往未来的新路。我的第一语言是原点，后一个则是目标。在它们面前，我就像有点笨拙的孩子。

我很担心铅笔画出的那两条边会消失，就像线条可以被橡皮擦掉。如果我的父母不在了，孟加拉语也会被带走。这是一门被他们人格化、具体化了的语言。当他们去世以后，孟加拉语在我的生活中就不会那么重要了。

意大利语仍然是一种外部的语言。它也可能消失，特别是当我不得不离开意大利、不再刻意追求它的时候。

英语仍然代表着现在：持久、不可磨灭。这位继母不会抛弃我。哪怕这门语言是强加的，它仍然赋予我一个精确又清晰的声音，而且将永远如此。

这个三角是某种框架，框架里是一幅自画像。框架定义了我，但它包含着什么呢？

我毕生都想从框架里看到确切的东西。我曾希望这个框架里有一面镜子，能照出精确、清晰的图像。我曾想看见一个完整的人，而不是支离破碎的形象。但这个人并不存在。由于我的双重身份，我只能看到起伏不定、扭曲、虚假的东西。我看到一种混合体，模糊不清，总是杂乱无章。

无法从框架里看到具体的形象始终是一件极为恼人的事情。这个寻而不得的形象让人沮丧。我害怕镜中只照出一片虚空，没有任何东西。

我就从这虚空中而来，从不确定性中而来。我相信这虚空既是起源，也是宿命。从那一片空白和不确定之中诞生了创作的冲动，诞生了填满框架的冲动。

变形记

就在开始撰写这些短文之前，我收到了一位罗马朋友发来的电子邮件。他是位作家，叫多梅尼科·斯塔尔诺内*。谈到我想要掌握意大利语的渴望时，他写道："一种新语言几乎就是一种新生活，语法和句法都会重塑你，让你陷入另一种逻辑和另一种情感。"这番话让人安心不少，似乎是在回应我搬到罗马、开始用意大利语写作之后的想法，包含了我所有的渴

* Domenico Starnone（1943— ），意大利作家、编剧和记者，斯特雷加奖获得者，主要作品有《鞋带》《诡计》等。

望和迷惑。读完他发来的信息，我更理解这种用新语言进行表达的愿望了：为了以作者的身份经历一次变形。

大约在收到这封邮件的同时，我在一次访谈期间被问及最喜欢的书是什么。当时我在伦敦，台上还有五位作家。我通常很烦这个问题：对我来说并没有哪本书是决定性的，因此我从来都不知道该怎么回答。但这一次，我毫不犹豫地说是奥维德的《变形记》。这是一部杰出的作品，一部涉及一切、反映一切的史诗。第一次读到这本书的拉丁文版本是在二十五年前，我还是美国的一个大学生。那是一次难忘的相遇，或许是迄今最心满意足的阅读体验。为了理解它，我不得不努力地把每个词都翻译过来。我不得不沉浸于一门陌生、古老又复杂的语言。尽管如此，奥维德的作品仍然征服了我，我完全被迷住了。我发现了一部至高之作，用一种鲜活、迷人的语言写成。就像之前所说的，我相信用一种外语来阅读是最亲密的阅读方式。

我还清楚地记得女神达芙妮变成月桂树的那一刻。她正从阿波罗这位陷入爱情、对她苦苦追求的神身边逃开。她想保持独身和贞洁，像处女神*狄安娜一样献身于山林与狩猎。达芙妮精疲力竭，无法逃脱，只得恳求她的父亲河神珀纽斯帮忙。奥维德写道："她的心愿还没说完，忽然她感觉两腿麻木而沉重，柔软的胸部箍上了一层薄薄的树皮。她的头发变成了树叶，双臂变成了枝干。她的脚不久以前还在飞跑，如今变成了不动弹的树根，牢牢钉在地里，她的头变成了茂密的树梢。"当阿波罗把手放在树干上时，"感觉到她的心还在新生的

---

* 奥林匹斯主神中发誓保持处女身的三位女神。

树皮下跳动”。[*]

变形的过程虽然暴力，却是一种重生，它既是一场死亡，又是一次诞生。女神达芙妮和月桂树的边界并不清晰，这个场景的美妙之处在于它描绘了两种元素和两种生物的融合。可以看到二者紧邻，词汇既在描写达芙妮又在描写月桂树（在拉丁文的文本中有：frondem / crines，ramos / bracchia，cortice / pectus）[†]。这些词的毗连和文字并置都强化了矛盾、纠缠的状态。它营造出一种双重印象，使我们困惑不已。这是一种神话式的，或者说原始的表达，阐述了同时作为两种事物而存在的意义，成为某种未被定义之物或是模棱两可之物的意义，以及拥有双重身份的意义。

---

* 此处译文引用自杨周翰译《变形记》，人民文学出版社 2008 年版。

† 意为：“树叶 / 头发，树枝 / 手臂，树皮 / 胸，乳房 / 心。”

达芙妮变形之前正在逃命。接着她停了下来，无法再移动。阿波罗可以触碰她，但无法占有。变形尽管残酷，却是她的救赎。从一方面来看，达芙妮失去了自己的独立性。但从另一方面来看，作为一棵树，她可以永远留在森林，那是属于她的世界，她在那里拥有另一种形式的自由。

我说过，用意大利语写作是一次逃离。在解读语言变形记时，我意识到自己在逃离什么；它是一次解放。用意大利写作差不多有两年了，感觉已经完成了变形，几乎重获新生。但这种变化、这个新的开始，是有代价的。像达芙妮一样，我发现自己被限制住了，不能再像以前一样行动自如，不能以在英语中习惯的方式行动。一门新的语言像某种树皮把我包裹在内。我留在里面：得以更新，却又被困住，感到释然却不自在。

为什么要逃离？是什么在追赶？是谁想要加以约束？

最显而易见的答案是英语。但与其说是英语本身，倒不如说是这门语言的种种象征意义。几乎在我全部的人生中，它都代表着一场让人精疲力竭的斗争、一场扭曲的冲突、一种持续不断的挫败感，而这恰恰是绝大部分焦虑感的源头。它代表一种必须掌握、必须理解的文化。我还曾害怕它意味着我和父母的分离。英语标志着过去沉重、累赘的一面，令人厌倦。

然而我也爱着它。我成了一个英语作家，接着，出乎意料地有了点名气，还得了一个奖。但我确信这是不应得的，它更像是个误会。尽管那是一项荣誉，但我还是充满怀疑。我还没来得及把自己和这种认可联系起来，它就已经改变了我的生活。从那时起，我就被当作一位成功的写作者，不再是默默无闻、几近无名的学徒。我的写作源自一个可以把自己隐藏起来、不被发现的地方。可是第一本书出版之后仅仅一年，这种匿名性就消失了。

用意大利语写作是在逃离与英语相关的失败感，或许也是在逃离成功。意大利语提供了截然不同的文学路径。身为作者，我可以消解、重构自我。我可以把词语组合在一起，构造出一个句子，却不必被认作行家里手。用意大利语写作将不得不面对挫败，但这与我过去所知的挫败有所不同。我既不必为此苦恼，也不会觉得悲伤。

当我提及近期正在用一门新语言写作时，大多数反应都很消极。在美国，一些人建议我别这么做。他们说不想通过翻译来阅读我的作品，不希望我做出改变。在意大利，尽管有很多人鼓励我迈出这一步，也有很多人表示支持，但我还是经常被问起，为什么想用一种在世界范围内传播力不如英语的语言写作。有人说放弃英语的后果会是灾难性的，这场逃离可能会把我带进陷阱。他们不理解为什么要冒这样的风险。

这些反应并不让人意外。转变，尤其是刻意寻求的转变，常被认为是一种背叛、一种威胁。我自己的母亲就从不改变。她在美国竭尽全力维持原有的衣着、举止、饮食、思维方式、生活习惯，就好像从没离开过加尔各答一样。她拒绝改变外表、习惯和态度，把这种拒绝当作策略来抵抗美国文化，与之战斗，维护她的身份。变成美国人，哪怕是变得像美国人，都意味着彻底的失败。我母亲返回加尔各答的时候非常自豪，因为尽管她离开印度已经将近五十年，却还像一个从没离开过的女人。

我正好与之相反。拒绝转变是母亲的反抗，而我的愿望是改变自己。“有一个女人……总想成为另一个人。”我写的第一篇意大利语小说《交换》以这句开头不是偶然。我始终想要摆脱自身源头的虚空。正是这种虚空让我痛苦，让我想要逃离。这就是我始终无法悦纳自己的原因。改变似乎是唯一的解决方式。通过写作，我找到了一种藏身于角色、逃避自我、始终置身于变化之中的方式。

变形机制可以说是世间唯一从不改变的元素。每个个体、每个国家、每个历史阶段，乃至整个宇宙及其包含的一切，其旅程不过是一系列变化，有时是微妙的变化，有时是深刻的。如果没有这些变化，我们会停留在原地。那些转变的瞬间，事物发生变化的时刻，才是所有人的支柱。不论这些瞬间是救赎还是损失，我们都愿意记住。它们为我们的存在提供了构架。剩下的一切几乎都被遗忘。

我相信艺术的力量是将人唤醒的力量，它

激励人深入内心，让人发生改变。我们阅读小说、观看电影、聆听音乐，是要寻找什么呢？我们透过艺术作品，寻找会改变我们的东西，寻找过去不曾意识到的东西。我们想要改变自己，就像奥维德的杰作曾经改变我那样。

在动物世界，变形是可以预见、自然而然的。它只是一个生物学过程，包含数个特定阶段，直至最终实现完全的发育。毛毛虫变成蝴蝶以后就不再是毛毛虫，而是一只蝴蝶了。变形的效果是彻底的、永久性的。生物失去旧有的形态，获得了新的形态，几乎难以辨认。它具备了新的物理特征、新的美感和新的能力。

彻底变形对我来说是不可能的。我可以用意大利语写作，但无法变成一个意大利作家。尽管我正用意大利语写下这个句子，但惯用英语写作的那部分始终存在。我想到了费尔南多·佩索阿，他创造出了自己的四个版本：四个互相分离、区别显著的作家，正因为此他才能够超越自我的界限。也许我借助意大利语所做的事和他的策略很相似。尽管不可能变成另一个作家，但也许可以同时成为两个人。

奇怪的是，用意大利语写作更容易露怯，我却感到更安全了。新的语言确实在保护我，但与达芙妮不同的是，这个保护层是可以穿透的，几乎就像没有皮肤一样。尽管没有厚厚的树皮，但在意大利语里，我是一个更坚硬、更自由的写作者，再次生根之后，以一种不同的方式生长。

探查

1948年到1950年间，时任埃诺迪出版社顾问的切萨雷·帕韦塞在他生命的最后两年里，给罗萨·卡尔泽基·奥内斯蒂*写了一系列书信，奥内斯蒂如今以她颇具新意的《伊利亚特》和《奥德赛》译本而知名。身在都灵的帕韦塞虽然并不认识奥内斯蒂本人，却凭借密集、热切的通信，督促这位住在切塞纳的译者将荷马的作品翻译成准确的现代意大利语，力求呈现一

* Rosa Calzecchi Onesti（1916—2011），《变形记》的意大利语译者。

种不太陈旧、更加简明平实的语言。帕韦塞认真地审读，一丝不苟地比照原文和译文，仔细检查每个地方，对每一卷、每行诗、每个意象、每个字词做出回应。那些信里全都是各种建议、修正和观点。他会坦率地介入，但总是以一种尊重、谦和的方式表达。一份长长的意见清单里有这些内容：“我仍然觉得该用 bellissima* 而不是 eletta per bellezza†，后者营造了一种不必要的‘崇高气氛’。”“在我看来 assassino‡ 比 uccisore d’uomini§ 更好。”“我会把 del mare 改成 marino。¶”有时他也完全赞同奥内斯蒂的决定；提到经典的荷马式修饰语“il mare colore

---

* 意为：“非常漂亮。”

† 意为：“非凡的美。”

‡ 意为：“凶手。”

§ 意为：“杀人者。”

¶ 意思都是“海洋的”，但前者是一个前置词短语，后者是形容词。

del vino”[*]时，他写道：“我同意你翻译成‘暗沉的海’。把‘酒’去掉。”

帕韦塞和奥内斯蒂所做的，正是全世界的作家以及从事文字工作的人所做的事：努力找到合适的词，最终选出最确切、最具穿透力的那一个。这是一个筛选的过程，令人筋疲力尽，有时甚至让人恼怒。作家无法避免这个过程。这门技艺的核心就在于此。

帕韦塞的信展示出他对自己的语言有着强大而深刻的认知。作为一名作家，我的目标是做到他那个程度，但我只能在英语里完成这个目标。我没办法在意大利语中下潜到这个深度。我可以指望自己写出正确的字词，或者选用别的词语来替代。但我没有自小积攒、沉淀的词汇，不能以同样精准的眼光审视意大利语。我

---

* 意为：“颜色如酒的海。”

无法评估意大利语的文本，哪怕是我自己写的，哪怕出自同一个视角。

但我仍然无法抑制搜寻正确词语的冲动，因此即使在使用意大利语的时候，我也会尝试这么做。我查找同义词词典，翻阅笔记本。我会在文章里放进一个早晨读报时看见的新词。可是我的第一批读者经常摇头，他们往往会说“听着不对劲”。他们会说，我想用的词已经过时了，还会说这个词要么太粗俗，要么太文雅，要么太做作，要么太口语化（我就是这样学会了形容词 aulico*）。他们说我的词序不自然，标点符号没起到作用。这并不一定是正确与否的问题，但用他们的话说，意大利人不这么表达。

我必须听取这些读者的意见，必须遵从他

---

* 意为：“宫廷的、文雅的、优雅的。”

们的建议。我必须删除不准确的或是错误的词语，去寻找另一个词。我不能为自己的选择辩护，因为不能反驳母语人士。我不得不接受这个事实：在意大利语中我半聋半盲。我也因此害怕自己变成冒牌作家。

现在我的词汇量已经大大丰富了，但这张词汇表有点古怪。我觉得自己装扮怪异，仿佛穿着一条不属于这个时代的优雅长裙和一件T恤，头戴草帽，脚踩拖鞋。这种毫无美感的效果和那些一团糟的元素或许是距离造成的。我和意大利语之间的距离从一开始就存在：来意大利生活以前，有许多年，我都是从很远的地方、从各式各样的来源学习这门语言的。有两年的时间，我每天都用一种方便、容易的方法学习意大利语。但后来我开始用意大利语阅读，词汇也受到不同作家的影响。他们来自不同的历史时期，以不同的风格写作。我的笔记本里无差别地记录了曼加内利[*]、维尔加、埃莱娜·费兰特[†]、莱奥帕尔迪[‡]等人的词汇。贝克特曾说过，使用法语让他能够写出没有风格的文字。从一方面来看，我同意他的观点：你可以说，我用意大利语写下的东西是一种不加盐的面包。也能吃，只是没有通常的味道。

但从另一方面来看，它确实有种风格，或者至少有种特性。语言就像一座瀑布，我并不需要它的每一滴水，但还是会渴望得到更多。因此我怀疑，问题可能不在于风格的匮乏，而在于风格过于丰富，为此不堪重负。我在意大

---

* Giorgio Manganelli（1922—1990），意大利作家、记者、文学评论家，新先锋运动的代表人物之一，代表作《100：小小说百篇》。

† Elena Ferrante，意大利当代匿名作家，从 2011 年开始发表“那不勒斯四部曲”引起轰动，成为国际畅销书。

‡ Giacomo Leopardi（1798—1837），意大利诗人、散文家、哲学家、语言学家，意大利浪漫主义文学的重要代表。

利语中缺少的是敏锐的眼光，所以没法磨炼出某种特定的风格。另外，我也很难领会风格。如果碰巧用意大利语造了个好句子，我也没法确切地知道它为什么好。

使用意大利语的时候，我仍然是个懵懂的作家，只知道自己已经伪装起来。事实上，那感觉就像一个潜入母亲衣橱的小孩，试穿高跟鞋、晚礼服、皮毛大衣，戴上几样首饰。

我害怕被当场逮住，被责备，而后被送回自己的房间。“得再等等，”母亲会说，“这些东西对你来说太大了。”她说得有道理。穿着这些鞋没法好好走路。项链在脖子上非常沉重，我还会被衣裙的下摆绊倒。皮毛大衣虽然考究，但我穿着它直冒汗。

就像潮水一样，我的词汇不断起落，来了又去。每天添进笔记本的词语只是过客。我花了一个小时选出正确的那一个，但接下来往往就会忘了它。现在，当我遇到一个不熟悉的意大利语单词，往往已经知道好几个别的词可以表达同样的意思，这些词也都是意大利语。比如，最近我学会了 accantonare，之前已经知道 rinviare 和 sospendere。* 我发现 travalicare 的时候，已经知道 oltrepassare 和 superare。† 我划出 tracotante 时，已经知道 arrogante 和 prepotente。‡ 不久前，我学会了 azzeccato 和 ficcante，在那以前，我就用过 adatto 和 appropriato。§

我尽力命中目标，但在试图瞄准时，永远不知道箭会落在哪里。写这本书里的过程中，至少有一百次感到无比气馁和沮丧，想要放弃。

* 几个词都有“搁置、推迟”的意思。
† 几个词都有“越过”的意思。
‡ 几个词都有“傲慢”的意思。
§ 几个词都有“准确”的意思。

在那些灰暗的时刻，用意大利语写作像是一项疯狂的事业、一道过于陡峭的坡。然而，如果我还想继续用意大利语写作，就必须抵挡住一些暴风时刻：那种时候天空暗沉，绝望来袭，我害怕自己无法再坚持。

我嫉妒帕韦塞，嫉妒他深入探查意大利语的能力。但通过这些思考，我也完成了一次探查。研究了自己的语言发现之后，也完成了对自己的研究。动词“探查”（sondare）的近义词是“esplorare”* 和“esaminare”†，它的字面意思是“测量某物的深度”。在我的私人字典里，它的意思则是“设法认识或理解某些东西，尤其是别人的想法和意图”。它暗示着分离和不确定性，也暗示沉浸的状态。它意味着有条理

---

* 意为：“探索、发现。”

† 意为：“检查、研究。”

的、执着的研究，意味着去探究那些永远难以触及的东西。这个精准的动词完美地描述了我的计划。

脚手架

我在罗马犹太人区的图书馆里构思并完成了这本书。十多年前第一次来到这座城市的时候，最先发现的街区就是犹太人区。至今它仍是我最喜欢的区域。我永远不会忘记初次见到屋大维门廊时的心情，那儿离我们租了一周的公寓不远。它留下的印象实在太深了，我回到纽约以后写了一个以犹太人区为背景的短篇小说。我这样描述门廊废墟："它那破损的廊柱被脚手架包围，巨大的三角楣饰缺损了很多。" *

---

* 出自作者的短篇小说集《不适之地》。

那时，这一处破败、支离破碎、经历了数次重修却仍然屹立的古老废墟，恰恰体现了罗马这座城市给我的感受。如今我同样受它启发，决定用一个隐喻来结束这一系列思考。

我写作是为了感受孤独。还是个孩子的时候，我把写作当成退守和重获自我的方式。我需要寂静和孤独。用英文写作时，无需帮助是天经地义的事。别人也可以给建议、提问题。但这条路大体是自给自足的。

但用意大利语走的却是一条不同的路。我确实独自待在图书馆，写作时也没人在身边。唯一的陪伴是一本艾米莉·狄金森的诗歌和书信集。这位孤独的诗人在马萨诸塞州度过了一生，离我长大的地方不远。那本红色外皮的书很漂亮，是一个意大利语译本，在图书馆架上的那些书里，这本偶然吸引了我的注意力。动笔写一篇文章之前，我常常读一首诗或一封信。这变成了某种仪式。有一天我发现了这些句子："我在一处可怕的深渊边缘航行，无法逃脱；如果没有上天的帮助，我怕这艘脆弱的小船很快就会跌落其中。"就像被闪电击中：写这几章的时候，我的感受恰好也是这样的。

我是按顺序写的，一篇接一篇，像完成意大利语课的家庭作业一样。六个月以来，每周差不多会写一篇草稿。我从来没有以这么有条不紊的方式完成写作项目。第一稿发给了我的意大利语老师，他成了我的第一个读者。我们在课上一起努力。不管对我还是对他来说，那都是一个严酷的过程。他看出了所有严重的错误、所有不可饶恕的罪过：应该是"gli penso"而不是"ci penso"，* 是"sono chiesta"而不

* 此处作者想表达的正确意思是："我想起他。"

是“mi viene chiesto”。* 他先是给我做了大量细致的说明：“注意不要用太多名词化的动词。”“‘Mica’ † 这个词太口语化了。”“‘Lasciarsi alle spalle.’ ‡ 这句话里的‘Lasciare’不能算错，但不够自然。”我写的第一篇故事不过五百个单词，他在那一页下边做了三十二条批注：提供备选的单词，第一百次纠正（并且责备）我在虚拟式、动名词、条件从句中犯的错误。他解释英语是怎样暗中影响我的，总是耐心指出一个错误的前置词会造成怎样的破坏。

我和老师整理出一个大致干净的文本以后，我又把每一页拿给另外两个读者看。他们都是作家，提出了更精细的修改意见。在他们

---

* 此处作者想表达的正确意思是：“我被问到。”

† 常与否定词连用，加强否定语气，意思是“不、并不、一点也不”。

‡ 意为：“遗留、离开、抛下。”

的帮助下，我从主题而非语法的视角分析文本，直到真正理解了正在做的事情。这两位朋友也提到这些思考对他们的影响，而且他们总会说出我最需要听到的话：继续写。

第三个也是最后一个阶段，就是《国际》杂志的编辑提供了无价的机会。正是这本杂志最早发表了这些文章。他们理解我渴望用一种新语言来表达，也对我那奇怪的意大利语保持了尊重。他们接受了这种带有实验性质、有些磕磕绊绊的写作。我们一起完成了出版前的最后修改，检查每句话、每个词。多亏了他们，我才能完成这次创造性的语言飞跃，能够触及新的意大利语读者，也终于触及自己全新的部分。

第一篇文章发表那天，尽管天性害羞，我还是激动得想要站在广场中央大声宣布这个消息。上一次有这种感觉，还是二十年多前第一次发表小说的时候，当时我以为这样的快乐一生只能有一次。

最早的几位读者为我提供了反馈和评论。之前说过，我没有能力对自己写下的意大利语作清晰的判断。最重要的是还有这些支持，就像脚手架支撑起了罗马的无数建筑，不管它们是废墟还是新建工程。

这个项目是某种程度上的合作，但用意大利语写作依然比用英语时让人感到更加孤立。现在我从那些在语言上相关的英语作家当中抽离出来，但我和意大利语作家必然也有所不同。想到那些出于不同原因决定用外语写作的作家时，我并不觉得自己属于那个群体。贝克特用法语写作之前已经在法国生活了几十年。纳博科夫从小学过英语，康拉德在海上度过了很长时间，其间吸收了不少英语，后来成为英语作者而非波兰语作者。而我做的事情——来意大利生活刚刚一年，就敢用意大利语写作——是全然不同的，也并不常见，我为此感到更强烈的孤独。几乎是另一个维度的孤独。我不知道还有没有类似的例子。

没有人会觉得脚手架漂亮。它通常代表一种妨害，会干扰和损害外观。在理想状况下，脚手架根本就不该出现。要是不得得从脚手架底下经过，那我宁愿过马路。我总是担心它会塌掉。

但屋大维门廊是个例外。我还没有见过那个门廊没有脚手架时的样子，因此我把这里的脚手架视为一种永久性的、自然的存在。尽管脚手架也是种妨碍，但它为废墟添加了情感元素。能看见这些经过修复、向奥古斯都时代致意的廊柱和三角楣饰，简直就像是奇迹。它已经成了废墟，却还依旧存在，人们还能平静地走过这里，我为此惊叹不已。它既讲述时间的流逝，又象征时间的归零。

用意大利语写的书出版以后，脚手架就消失了。只有某些词语、某些选择会泄露意大利语并非我的母语这个事实，除此以外人们不会知道是什么在支撑和保护写作者。将脆弱的部分隐藏起来的东西是无形的。但这种“不存在”只是一个假象。我一直都能感知到我的脚手架，要是没有它，我也会倒下。

和屋大维门廊不同，我的意大利语写作刚刚开始，尚未破损。恐怕它是持续不了几世纪的。但脚手架的作用一样：撑起一件可能会倒下的作品。我并不觉得脚手架难看。也许有一天就不再需要它了。如果可以摆脱它、全靠自己，会感到更加独立。但我仍会想念脚手架，一群环绕我、引导我的亲密朋友，我生命中一段不同寻常的经历与他们紧密相连。

半明半暗

他在妻子身边醒来，茫然无措，因为一个梦而不安。

那个梦里，他也在妻子身边，一样茫然和不安。他们开车行驶在一条乡间公路上，路两侧是树和灌木丛。从光线分辨不出是黎明还是黄昏。天空的颜色苍白，透着一缕粉色。

风景让人回想起一幅旧油画：一派乡村景色，空无一人，阴暗朦胧。树冠像一团团遮蔽天空的云，道路一侧的树干在他们身上一路投下纤细的影子。

他妻子在开车。她开车时他满心焦虑，因

为汽车虽然在疾驰，但整个车身都消失了。除了方向盘、踏板和变速箱之外，他们和公路之间什么都没有。

妻子好像没有意识到这一点，又像是没有察觉危险，还在开。消失不见的车身、他们和路面之间近在咫尺的距离都让他感到害怕。

他喊妻子停下。但就像在以往的梦里一样，他说不出话。他们继续一言不发地疾驰，没有遇到任何问题，一路仍伴随着纤细的树影。

沿途没有障碍物。他们也没出车祸，尽管他一直在等着出事。这大概就是梦里最让人不安的细节了。

现在正是午夜，妻子在睡觉，但他在国外待了几个月刚刚回来，对他来说，时间已经是早上了。他有种冲动，想要起床、开始这一天。现在他的生活节奏属于另一个国家，那里天色已经大亮，但他不在那儿了。

他无法入睡，而且那个梦还在让他惊惧。他怕出现更多的缺失，怕别的东西也消失不见。他想确定床底下还有地板、房间还有四堵墙。

妻子就在左边，像在梦里一样。他能看见她裸露在外的双臂，满月照出了她的轮廓。

餐桌也摆满了东西。晚餐在几个小时前就结束了。他妻子组织了隆重的晚宴来庆祝他回家。他没有食欲，桌边的欢呼声让他厌烦。那会儿，在长途跋涉之后，他只想去睡觉。

但他仍然坐在桌旁，给客人们——都是他们的密友——讲他在国外的经历：他去过的国家、租的公寓、城市的景色。他谈起各地的人和他们的性格，解释他做过的工作。到后来，为了满足一位客人的好奇心，他还用自己所学的外语说了几句话，当时他感觉到自己像一个闯进自家的外国人。

他走进厨房。没必要开灯，月光就足够了。

他看到了晚餐留下的壮观景象：所有那些脏盘子和杯子、油腻腻的锅碗瓢盆、一个巨大的陶瓷托盘，他的妻子曾用它端上了一道绝妙的大菜。他们把这些都扔下就上床睡觉了，他是因为太累，她是因为喝得有点多。

他开始洗锅，刮掉盘子上干结的剩菜，冲洗银器。他把洗碗机装满，打开开关。他把一切都整理好，消除了庆祝活动的每一丝痕迹。

他在清理干净的厨房里做了咖啡，想找点面包。他希望吃一片面包：在国外的时候，公寓的厨房里没有烤面包机，所以只能吃别的早餐。他找到一条面包，切了一片，塞进烤面包机里。但是面包片进不去，烤面包机里有什么东西堵上了。然后他看到，里面已经有一片面包了——又干，又硬，又冷。

被遗忘的这片面包还没被碰过，是谁留下的？妻子不会把它留在那儿。她早就不吃那种面包了，说实在受不了。一丝怀疑不知道从哪里冒出来，逐渐变成比梦里更让人不寒而栗的恐惧。他想，妻子会不会有了情人，这片被遗忘的面包也许是他留下的。

他看见了前一天早晨的景象，他的妻子和另一个男人在厨房里做早餐。这将是两人最后一顿无忧无虑的早餐，接着他就会回来了。他看见妻子穿着浴袍，平静从容，她的头发还没梳。她正为情人往一片面包上抹果酱。接着这个场景消散了，怀疑也随之消失。他知道什么都没有改变，这片面包属于他，就像这栋房子和认识了二十多年的妻子一样。是他自己在两个多月以前把面包放进去，然后忘了吃，当时他正要走。这种事经常发生，他是个心不在焉的人。

他倒好咖啡，往新的面包片上涂抹黄油和果酱。他在夜间的绝对寂静中吃了早餐，接着，有几秒钟，他听到远处有汽车沿着街道疾驰的声音。

他不打算把那个梦告诉妻子；他为此感到羞愧。黑暗的路，消失不见的汽车，还有道路一侧的阴影，这些东西的含义太明显了，一眼就能看穿。

他又回到床上，躺在妻子身边。他把她揽在怀里，哪怕她并不知道。接着他想起多年前的另一场汽车旅行：蜜月期间他们去另一个国家度假，整整一个月都在公路上。他们每天一起开车，几乎花一整天时间在那个国家的田野上游荡。他仍然记得那条没有尽头的路，记得陶醉在速度中的感觉。那时候他还年轻，天真而缺乏经验，仍然期待着一切；那段旅程对他来说还不像深渊。

现在他意识到了这个梦的深层含义：他对自己和同一个人度过一生感到惊愕。没有停顿，没有障碍，尽管旁边总是有阴影和危险。他看见了半明半暗之中的第一次旅程、两个人的开始；相比之下，他更喜欢这个梦的清晰真相。只不过在那个时候，无论做什么梦，他都会和她分享。

后记

从 1939 年开始，亨利·马蒂斯 * 在他生命的最后十五年里，放弃传统绘画，发展出一种新的艺术技巧。他把涂上各色水粉颜料的纸剪成碎片，然后把不同的碎片拼合安置在一起，创造出图像。他先用大头针固定这些元素，然后用胶水，通常是直接贴到墙上。他不再使用画架和画布。他的主要工具从画笔变成了剪刀。

这种综合了拼贴和镶嵌的方法，是在一

* Henri Matisse（1869—1954），法国画家，“野兽派”的创始人及主要代表人物。

些限制条件下诞生的。七十岁的马蒂斯视力严重恶化，这是一个因素。此外，在 1941 年的一次重病之后，他开始用轮椅，并且常常被迫卧床。有一天，他想到在房子里建造一个“花园”，往工作室的墙上挂满了繁茂的树叶和果实。这是一次合作：马蒂斯让他的助手在纸上涂色，因为他已经没办法亲自完成作品了。

其结果是一种与众不同的形式，一种混合的风格，比他的绘画还要抽象得多。他继续利用一直在描绘的元素：自然和人的形象。但是突然之间，另一种能量和一种不同的语言出现了。

纸上的图像和画布上的相比，更简单也更粗糙，但它需要艰苦又复杂的工艺。你还是能看出画家的技艺和审美，但它们都发生了变化。如果我们追溯这种新方法和早期绘画之间的关系，就会意识到存在一个转折点，或者说迈出了激进的一步。

对于马蒂斯来说，剪纸不仅是一种新技术，而且是一种新体系，用于思考和拓展形状、颜色与构图的可能性。这是对他艺术策略的一次重新思考。这位画家说："这次旅程的状况百分之百不同。"马蒂斯把这种被他称作"剪刀作画"的新方法比喻成一次飞行。

一开始，马蒂斯的新方法遭遇了不信任和怀疑。一位评论家认为它最多算是"一种讨人喜欢的消遣"。就连艺术家本人也不确定。对他来说，剪纸在一开始只是一种练习、一种实验。他还不知道这意味着什么，就走上了一条未知的路，到更广阔的范围内探索。对他而言，这段时间尽管有困难，但仍被紧张而高产的工作填满。渐渐地，马蒂斯完全接受了这种方法。直到他去世，这仍然是决定性的一步。

去年，就要写完这本书的时候，我在伦敦

看了一场展览，主题就是马蒂斯最后的创作阶段。我看见了一系列情感丰富、大胆、题材广泛的图像。我观察到一场发生在正空间和负空间*之间的惊人对话，开始理解空白如何能像寂静一样承载意义。

纸上那些图像的基本效果让人震惊。没有任何多余的东西。它们明白地展现出接缝和裂纹。这些图像真的是被剪成了碎片，它们传达了一种解构、一种近乎暴力的破坏行为。然而它们既协调又平衡，表达了新的开始。每一幅图像，先被剪切，然后被重构，让人想到某种临时的、悬浮的、脆弱的东西。它唤起了其他的排列方式、其他的可能性。

我在展览上漫步的时候，看到了这样一位艺术家：他在某个时刻感到有必要改变方向、

---

* 绘画术语，分别指画面的主体部分和留白部分。

换一种方式来表达。他在疯狂冲动的驱使下放弃了一种视野，甚至是一种艺术身份，以此来获得另一种视野和身份。我想到了自己用意大利语写作的经历：这是一个同样曲折复杂的过程，和我的英语作品相比，也产生了相似的粗糙结果。

马蒂斯的方法多少有点像我正在做的事情。这些碎纸片就是词语，别人已经做了定义，只是由我来选择和排列。我试图用一堆杂乱的元素重铸出连贯的东西。

用另一种语言写作是一种破坏行为，是一个新的开始。

* * *

这是我直接用意大利语写的第一本书。它在 2012 年秋天有了雏形，以一种私人的、片段化的、自发的方式出现。我刚刚搬到罗马，在那之前几乎一直在美国生活。我能说意大利语，但只知道一些基本的用法。我想掌握这门语言。我在一个笔记本上用意大利语做关于意大利语的笔记。我记下新的单词、要学的语法规则、打动我的词组。我用通常的方式写下这些东西，从笔记本的第一页开始，一页接一页地填满整个笔记本。

与此同时，我从最后一页开始，倒着往前写另一类笔记，记下的不是语言的技术性问题，而是深入到意大利语之中的体验。那些笔记都是仓促间写下的，一系列评述挤在笔记本的末尾，我几乎都把它们隐藏起来，哪怕是在自己面前。

这些笔记逐渐变成了句子，句子又变成了段落。这也是一本日记，一气呵成写下的日记。我一直在用意大利语写另一本日记，在那里边描述我的日常生活、我对罗马的印象。但是在这儿，我只描述自己在语言冲动的刺激下产生的情绪。

到了春天，已经写满了的笔记本，头和尾相遇了。我买了一个新的笔记本，把前一个放进抽屉。我继续学习意大利语，但不再从后往前记录想法。接下来那个秋天，我又拿起第一本笔记，发现它是个思想的大杂烩，大约有六十页，全都杂乱无章。那时候我只用意大利语写过一点点东西，还拿给几个人看过。但我不想和任何人分享笔记本里的内容。

以下是最后一页的几行笔记，这也是最早写的：

语言如浪潮，时而泛滥，时而低落，无法进入

用词典阅读

失败

永远在我之外的东西

重读笔记的时候，我几乎立即瞥见了一条线索、一种逻辑，甚至是一整条叙述线。有一天，为了更好地理解它们的含义，我在较早的内容上做了笔记。我看到一些灵感有待发展和分析。我的脑海中浮现出章节和标题。我能感觉到一种节奏、一个结构。在很短的时间内，我就知道第一个笔记本上的内容将会成为这本书。

需要更多的空间。我买了一个记事本，从十一月到次年五月，差不多每个星期都会把一个点子整理成文，直到完成最后一个。我以前从来没有用这种方式写出过任何东西：迅速、有远见、几乎提前知晓前面的每一步，也知道这条路会通向哪里。尽管也有辛劳，但这一次写作的过程顺畅而直接。一切都异常清晰，除了核心元素、议题本身——语言。

* * *

该怎么定义这本书呢？这是我写的第五本书，但它也是一本处女作。它既是终点也是起点。它基于一种缺失和匮乏。从书名[*]开始，它就暗示着一次拒绝。这一次，我拒绝接受那些已知的词、那些我本该拿来写作的词。我在寻找其他的词语。

我认为这本书既犹豫又大胆。它的文本既私密又公开。一方面，它源自我写的其他书。主题说到底并没有改变：身份、异化、归属感。但是它的外皮、内容、躯体和灵魂都经过了变形。

---

* 本书意大利原名 In altre parole 意为“另一种语言”。

这是一本旅行之书，但我得说，它更多地是一场内在的旅行而非地理上的旅行。它讲述了一次连根拔起的过程、一种迷失方向的状态、一次探索。它讲述了一段时而令人激动、时而令人疲惫的旅程。这是一次荒诞的旅程，因为旅行者从未抵达她的终点。

这是一本充满隐喻的记忆之书。它讲述一场搜寻、一次胜利、一场持续的失败；讲述一段童年、一次成熟、一次进化，或许是一场革命；是一本爱之书、苦痛之书；它讲述一种新的独立，也伴随着一种新的依赖；讲述一次合作，也讲述一种孤独的状态。

这本书和我其他的书有所不同，它是第一部植根于真实生活经历的作品。它不是虚构作品，只有收录的两个短篇小说除外。我把它视为一种语言自传、一幅自画像。在这里似乎可以引用娜塔丽亚·金兹伯格的一句话，她在《家庭絮语》的前言里写道："我没有虚构任何事。"

但从另一个角度来看，我虚构了一切。用另一种语言写作意味着从零开始。它来自虚空，每个句子似乎都从乌有中来。为了获得和掌握这门语言而付出的努力，与创造的过程非常相似——神秘又不遵从逻辑。这种获得并不真实，它也是一种虚构。语言是真实的，但我吸收它、使用它的方式似乎是虚假的。刻意寻得、通过学习获取的词汇始终显得很反常，就好像赝品一样，尽管它并不是。

通过学习意大利语，我再次学会了写作。我不得不采取新方法。每走一步，语言都在对抗和约束。同时它又允许反抗和超越。我再引用一句金兹伯格在《家庭絮语》说的话："我不知道这是不是我最好的书，但它肯定是我唯一一本在绝对自由的状态中写的书。"

我的这门新语言虽然更受限、更生涩，但它提供了一个更广阔和成熟的视角。这就是我目前继续用意大利语写作的原因。这本书里对自由和限制之间的矛盾关系着墨颇多，这里就不再赘述。我更愿意进一步探讨现实与虚构之间的关系，并对自传的问题做个澄清，这个问题已经纠缠我许多年了。

* * *

最开始，写作的目的是隐藏自己。想远离我的作品，退到背景中。我更喜欢躲在句子之间，以经过伪装的、间接的方式存在。

我在美国成为作家，但最早的小说设定在加尔各答，我从来没有在那座城市生活过，它也远离我更熟悉的、从小长大的国家。为什么这么做呢？因为需要与创意空间保持距离。

开始写作时，我认为写别人的事是更体面的。我担心自传材料缺乏创造性价值，就我的情况而言，甚至是懒惰的体现。我担心讲述自己的经历是一种自我中心的体现。

在这本书里，我第一次成为主角。没有任何迹象表明还有另一个主人公。我以第一人称在书中出现，坦率地谈论自己。有点像马蒂斯的画作《蓝色的裸体》，一组经过剪贴、重新拼合的女性形象，我在这本书里暴露无遗，被一种新的语言杂乱地拼贴在一起。

我已经很多年没看过别人对我的评论了。但我知道有些读者认为我是自传体作家。就算我解释说我不是，他们也不相信。他们坚持这么想，说我有印度血统，我笔下的大部分角色也一样，这让我的作品明显具有自传性质。要不然他们就认为所有用第一人称写的故事都是真的。

自传性的文本是由作者自身的经历塑造的，在这样的文本中，作者的真实生活与书中的事件之间几乎没有距离。每个作者都倾向于描述他所熟知的世界和人。但自传性的作品会更进一步。阿尔贝托·莫拉维亚是罗马人，因此他把很多长篇和短篇小说设定在罗马。他写的很多角色也都是罗马人。这是否意味着他的每一部小说都是自传性的呢？我并不这么想。

我花了一年多时间宣传最新的一部长篇小说《低地》。小说里任何角色的经历我都不曾有过。发生在他们身上的事情从没有在我身上发生过。书里的主要地点我都知道，情节也基于一个真实事件，但我对这件事没有任何记忆或印象。现实提供了种子，我想象出了其余的一切。

我不止一次遇到记者或者评论家坚称我写了一部自传体小说。每一次我都感到惊讶和恼怒，一部从情节到人物都完全由我创造的小说，竟会被认为是自传体。

我不是要评价自己的书，只是想做个区分：一种是作者通过知识和好奇心创造出的现实题材小说，一种是自传体。

《罗马日记》有所不同。书里的一切几乎都是我的亲身经历。我已经解释过，这本书始于日记，一种私人文本。它既是我最私人化的一本书，也是最坦诚的一本。

就连我第一次尝试用意大利语创作的短篇小说《交换》也是自传性的。这一点我不否认。这个故事是用第三人称讲述的，但那位主角就是我，只是稍稍做了改变。我在一个下雨的午后去了那间公寓。我看见并观察到了故事里描述的一切。我就像主角一样，丢了一件黑毛衣，而且反应很糟糕。我像她一样既困惑又不安。几个月以后，我把原始经历转化成了一个故事。《半明半暗》差不多是在两年后写的，这是一个虚构的故事，但也有一处自传性的基础：故事的开头，主角做的那个梦来自我自己。

过去我曾认为，相较于直接取材于现实，想象能赋予更大的创作自主性。我确实更喜欢加工事实，但也想忠实可靠地再现事实。作为一名作家，“逼真”非常重要。写完这本书以后，我改变了想法。

虚构也可能是陷阱。一个完全无中生有的角色必须看起来像真人——这就是挑战。尤其是在《低地》里，挑战在于我要描绘一个从没生活过的真实地点，要唤起一个我并不了解的历史时期。我做了大量的研究，以确保那个世界、那个时期真实可信。从第一本书开始，我重新唤回加尔各答，那是我父母的故乡。对他们来说是一处几乎已经消失的遥远之地，我正在寻找一种方法，通过写作来弥合距离，将它呈现出来。

如今我不再觉得自己必须为父母重建失落的故土。我花了很长时间才接受这一点：写作不一定要承担那样的责任。从这个意义上看，《罗马日记》是我作为成年人所写的第一本书，但从语言的角度来看，它又是我作为孩童所写的第一本书。

身为作家，我会继续寻求真相，但不再那么看重事实性的真相了。在意大利语中，我正走向抽象。地点是不确定的，角色迄今为止都没有名字，也没有特定的文化身份。这样做的结果就是写作会以某种方式从具体的世界中解放出来。现在，我构建出一种不太明确的背景，因此我能理解为什么马蒂斯把他的新技巧比作飞行的体验。用意大利语写作的时候，我也感觉到自己的脚离开了地面。

是什么促使我改变方向，转向一种自传性

更强、也更抽象的写作方式？我意识到这是自相矛盾的说法。这种更加个人化的视角伴随着更模糊的语调，究竟从何而来？只能是从语言中。在这本书里，语言不只是工具，还是主题。意大利语是面具，是过滤器，是出口，是方法。它是一种分离，没有这种分离我就无法创造任何东西。也正是这种全新的分离，帮助我露出了真实的一面。

* * *

现在我对这本书的态度有点矛盾，以后可能也会如此。我当然为它而自豪。为了来到这里，我已经走了很久。每个词都是我自己挣得的：没有一个是继承而来。一切都源自决心。这是一个充满风险的过程。能构思、起草并准备好这些用于出版的书页，几乎像一个奇迹。我认为这是一本真实的书，因为它既诚挚又坦率。

但我又害怕这本书是假的。我对它不那么确定，还有一点尴尬。现在它有了封面，已经完成装订，有了实体。但我担心这是种轻率之举，甚至是种傲慢。我不知道继续用这种语言写作是不是正确的选择。我的意大利语仍是一件有待完成的作品，我仍然是一个外来者。我来到意大利，部分原因是为了更深刻地理解我笔下的角色和我的父母。我没想到，自己作为一名作家也变成了外来者。

现在书就要出版了，听到一些反馈还是很有趣的。当我说新书是用意大利语写成的时候，经常遇到怀疑乃至不赞同的目光，主要来自其他作家。也许是我错了；我自问这会不会被看作一招死棋，或者最多算是“一种讨人喜欢的消遣”。有人对我说，作家永远不该抛弃自己的主导语言，去寻求一种理解尚不够深的语言。他们说这种劣势对作者和读者都不利。我听到这类观点的时候会感到羞愧，有种划掉每一个词的冲动。

* * *

我在写完这本书之后才发现了雅歌塔·克里斯多夫*，一位用法语写作的匈牙利裔女作家。也许之前不知道她的作品和声音反倒是好事，这样我就在没有参考她这个先例的前提下，迈出了第一步。我首先读了一篇简短的自传性文本《文盲》，雅歌塔·克里斯多夫在其中谈

* Ágota Kristóf（1935—2011），匈牙利裔女作家，1956 年因匈牙利十月事件随前夫避难至瑞士，于纳沙泰尔市定居。使用法语写作，主要作品包括《恶童日记》《二人证据》《第三谎言》等。

到了她接受的文学教育，以及二十一岁作为难民来到瑞士的经历。她开始学习法语，那是一段艰难的过程，需要全心投入其中。她写道：

> 在这里，我征服这种语言的战斗开始了，这会是一场漫长而残酷的斗争，必将持续一生。我已经讲了三十多年法语，用法语写作也有二十年了，但仍然不熟悉它。我开口说话的时候没法不犯错，离了那本常常查阅的字典就没法写。

读到这一段，我既震惊又欣慰。这完全就是我的感受、我的话语。

接着，我一口气读完了她著名的三部曲小说，第一部是《恶童日记》，作者认为这是自传性的作品。这是一部绝对的杰作，我被她严谨、精炼、清晰的风格深深地吸引了。它产生的效果是压倒性的，像一记猛拳打在肚子上那么强烈。尽管读的是意大利语译本，仍能从译文中感受到作品透出的力道。我马上察觉了那副语言面具，她就和我一样，既觉得受限，又感到自由。了解了她的作品以后，我安心了很多，不那么孤独了。我相信在这条路上遇到了一位向导，甚至是一位同伴。

然而我和她之间仍然存在根本的区别。雅歌塔·克里斯多夫是被迫放弃匈牙利语的。她用法语写作，因为希望自己的作品被人们阅读。“它变成了一种必需品。”这位作家解释说。她为不能用母语写作而遗憾，为此，她始终把法语当作“敌对语言”。而我自愿地选择了意大利语。我并不怀念英语，也不怀念它赋予我的至高控制权。

克里斯多夫的作品让人注意到一个事实，即自传体小说并不总是它表面看起来的样子，而且想象与现实之间的界限往往模糊不清。三部曲的终篇《第三谎言》中，主角说："我试图写一些真实的故事，但有时候，故事因为它的真实性而变得难以忍受，所以我不得不改变它。"

哪怕是取材于现实、忠实于现实的小说也不是全然真实的，就像镜中的影像从来不是有血有肉的人。它始终是一种抽象之物，不管多么具有现实性、多么贴近事实。用拉拉·罗马诺*的话来说，就是"在一本书里，一切都是真的，但没有什么是真的"。她是又一位在小说里使用真实事件的作家，就像克里斯多夫一样。

一切都需要重新考虑、重新塑造。自传体小说，即使从现实和记忆中取得了灵感，也仍

---

* Lalla Romano(1906—2001)，意大利小说家、诗人和记者。

然要经过严格的选择和无情的裁剪。书写用到的是笔，但最终，如果想找到正确的形式，必须像马蒂斯一样使用一把好剪刀。

* * *

我的旅程就要结束了，今年必须离开罗马返回美国。我不想这么做。我希望可以留在这个国家，留在这种语言之中。

我已经在担心和意大利语的分离。我也意识到自己和英语之间已经有了一段明显的、实质性的距离。我有三年没读任何英语作品了。只用意大利语阅读的决定引导我走上了新的创作之路。写作源自阅读。现在，尽管觉得不安，但我更愿意用意大利语写作。虽然我在其中是半个盲人，却似乎能够更清晰地看到某些东西。我在漂流，却更能专注于目标。我感到不适，却又更加自在。

这本书把我引到一个十字路口。它迫使我作出选择。它让我明白，一切都颠倒了，一切已经被翻转过来。它在问我：该怎么继续?

我应该继续走这条路吗?我是否要彻底放弃英语，选择意大利语?还是说，一回到美国，就会重回英语的怀抱?

我要怎么回去呢?我从父母那里知道，一旦离开，就等于永远地离开。如果不再用意大利语写作，重新开始使用英语，一定会蒙受另一种损失。

未来无法预测。我更愿意享受此刻，享受刚刚完成的作品。尽管心存疑虑，我仍然很高兴能完成并出版这样一本书。最后检查校样的时候很动容。你可以说这是一部本土作品，它在这儿出生、在这儿长大，哪怕它的作者并不这样认为。

现在，它将获得一个独立于我的身份。第一批读者会是意大利人；它将最先出现在意大利的书店里。过一段时间它会被翻译、转变成别的语言。一年之后，它会以双语版的形式在美国出版。这本书仍会有明确的地域来源，哪怕它像是一种稍稍越界的混合物，就和我一样。

有了这本书，我希望我的一小部分能留在这里，留在意大利。这让我感到欣慰，尽管我希望世界上的每一本书都属于每一个人，或者不属于任何人、任何地方。

2014 年 12 月，于罗马

致谢

对我而言，每本书在未完成的时候都是一个难以企及的目标，但这一本尤其如此。如果没有以下诸位的关注和支持，我就没法完成此书：

萨拉·安东内利；

路易吉·布廖斯基；

拉法埃拉·德安杰利斯；

安杰洛·真纳罗；

乔瓦尼·德毛罗；

米凯拉·加利奥；

弗兰切斯卡·马尔恰诺；

阿尔贝托·诺塔巴尔托洛；

皮耶尔弗兰切斯科·罗马诺。

我还要特别感谢：

加布里埃拉·詹代利，她为刊登在《国际》杂志上的那几章绘制了插图；

马尔科·德洛古，他的照片给了我创作《半明半暗》的灵感；

位于罗马的美国研究学会，这是心灵之地。